Diogenes Taschenbuch 22512

detebe

Wer reitet so spät durch Nacht und Wind

Die schönsten deutschen Balladen von Gotthold Ephraim Lessing bis Erich Kästner

Ausgewählt von Christian Strich

Diogenes

Diese Auswahl
erschien erstmals 1981
unter dem Titel
›Das Diogenes Lesebuch
deutscher Balladen‹
Nachweis am Schluß des Bandes

60/92/29/1
ISBN 3 257 22512 1

Inhalt

Zwei Königskinder

Es waren zwei Königskinder,
Die hatten einander so lieb;
Sie konnten zusammen nicht kommen,
Das Wasser war viel zu tief.

»Ach Liebster, könntest du schwimmen,
So schwimm doch herüber zu mir!
Drei Kerzen will ich anzünden,
Und die sollen leuchten dir.«

Das hört' eine falsche Nonne,
Die tät, als wenn sie schlief;
Sie tät die Kerzlein auslöschen,
Der Jüngling ertrank so tief.

Und als der Jüngling zu Grunde ging,
Sie schrie und weinte so sehr,
Sie ging mit weinenden Augen
Wohl vor der Mutter Tür:

»Ach Mutter, herzliebste Mutter,
Mein Kopf tut mir so weh!
Laß mich ein wenig spazieren
Wohl an die tiefe See.«

»Ach Tochter, herzliebste Tochter,
Allein sollst du nicht gehn,

Weck auf deine jüngste Schwester,
Und die soll mit dir gehn!«

»Ach Mutter, herzliebste Mutter,
Meine Schwester ist noch ein Kind.
Sie pflückt ja alle die Blümlein,
Die auf Grünheide sind.«

»Ach Tochter, herzliebste Tochter,
Allein sollst du nicht gehn,
Weck auf deinen jüngsten Bruder,
Und der soll mit dir gehn!«

»Ach Mutter, herzliebste Mutter,
Mein Bruder ist noch ein Kind,
Der schießt ja alle die Vöglein,
Die auf Grünheide sind.«

Die Mutter ging zur Kirche,
Die Tochter ging ihren Gang.
Sie ging solange spazieren,
Bis sie einen Fischer fand.

»Ach Fischer, liebster Fischer,
Willst du verdienen groß Lohn,
So wirf dein Netz ins Wasser
Und fisch mir den Königssohn!«

Er warf das Netz ins Wasser,
Es ging bis auf den Grund;

Er fischte und fischte solange,
Bis er den Königssohn fand.

Sie schloß ihn in ihre Arme
Und küßt' seinen bleichen Mund:
»Ach Mündlein, könntest du sprechen,
So wär mein jung Herze gesund!«

Was nahm sie von ihrem Haupte?
Eine goldne Königskron:
»Sieh da, du wohledler Fischer,
Hast deinen verdienten Lohn!«

Was zog sie von ihrem Finger?
Ein Ringlein von Gold so rot:
»Sieh da, du wohledler Fischer,
Kauf deinen Kindern Brot!«

Sie schwang sich um ihren Mantel
Und sprang wohl in die See:
»Gut Nacht, mein Vater und Mutter,
Ihr seht mich nimmermehr!«

Da hörte man Glöcklein läuten,
Da hörte man Jammer und Not,
Hier liegen zwei Königskinder,
Die sind alle beide tot!

Agnes Bernauerin

Es reiten drei Herren zu München hinaus,
Sie reiten wohl vor der Bernauerin Haus:
»Bernauerin, bist du darinnen?

Bist du darinnen, so tritt du heraus!
Der Herzog ist draußen vor deinem Haus
Mit all seinem Hofgesinde.«

Sobald die Bernauerin die Stimme vernahm,
Ein schneeweißes Hemd zog sie gar bald an,
Wohl vor den Herzog zu treten.

Sobald die Bernauerin vors Tor hinaus kam,
Drei Herren gleich die Bernauerin vernahm'n:
»Bernauerin, was willst du machen?

Ei, willst du lassen den Herzog entweg'n,
Oder willst du lassen dein jung frisches Leb'n,
Ertrinken im Donauwasser?« –

»Und eh ich will lassen mein'n Herzog entweg'n,
So will ich lassen mein jung frisches Leb'n
Ertrinken im Donauwasser.

Der Herzog ist mein, und ich bin sein,
Der Herzog ist mein, und ich bin sein;
Sind wir gar treu versprochen.«

Bernauerin auf dem Wasser schwamm,
Maria, Mutter Gottes, hat sie gerufen an,
Sollt ihr aus dieser Not helfen:

»Hilf mir, Maria, aus dem Wasser heraus,
Mein Herzog läßt dir bauen ein neues Gotteshaus,
Von Marmelstein einen Altar!«

Sobald sie dies hat gesprochen aus,
Maria, Mutter Gottes, hat geholfen aus
Und von dem Tod sie errettet. –

Sobald die Bernauerin auf die Brucken kam,
Ein Henkersknecht zur Bernauerin kam:
»Bernauerin, was willst du machen?

Ei, willst du werden ein Henkersweib,
Oder willst du lassen dein'n jung stolzen Leib
Ertrinken im Donauwasser?«

»Und eh ich will werden ein Henkersweib,
So will ich lassen mein'n jung stolzen Leib
Ertrinken im Donauwasser.«

Es stund kaum an den dritten Tag,
Dem Herzog kam eine traurige Klag:
»Bernauerin ist ertrunken!«

»Auf! rufet mir alle Fischer daher,
Sie sollen fischen bis ans Schwarze Meer,
Daß sie mein feines Lieb suchen.«

Es kommen gleich alle Fischer daher,
Sie haben gefischt bis ans Schwarze Meer,
Bernauerin haben sie gefunden.

Sie legens' dem Herzog wohl auf den Schoß,
Der Herzog wohl viel tausend Tränen vergoß,
Er tät gar herzlich weinen.

»So rufet mir her fünftausend Mann,
Einen neuen Krieg will ich nun fangen an
Mit meinem Herrn Vater eben!

Und wär mein Herr Vater mir nicht so lieb,
So ließ ich ihn aufhenken als wie einen Dieb,
Wär aber mir eine große Schande.«

Es stund kaum an den dritten Tag,
Dem Herzog kam eine traurige Klag:
»Sein Herr Vater ist gestorben.«

»Die mir helfen meinen Herrn Vater begrab'n,
Rote Mäntel müssen sie hab'n,
Rot müssen sie sich tragen!

Und die mir helfen mein Feinslieb begrab'n,
Schwarze Mäntel müssen sie hab'n,
Schwarz müssen sie sich tragen!

So wollen wir stiften ein ewige Meß,
Daß man der Bernauerin nicht vergeß,
Man wolle für sie beten, ja beten!«

Die Krähwinkler Landwehr

Nur immer langsam voran, nur immer langsam voran,
Daß die Krähwinkler Landwehr nachkommen kann.
Hätt' der Feind unsre Stärke schon früher gekannt,
Wär' er sicher schon früher zum Kuckuck gerannt.
Jetzt marschieren wir grad nach Paris hinein,
Dort, Kinder, soll das Rauchen nicht verboten sein.

Kein Säbel hängt uns an der Seit',
Weil's g'fährlich wär' für hitzige Leut.
Das Marschieren, das nimmt auch gar kein End',
Das macht, weil der Hauptmann die Landkart' nicht kennt.
Herr Hauptmann, mein Hintermann läuft immer so im Trab,
Er tritt mir beinah die Hinterhacken ab.
Hat denn keiner den Fähnrich mit der Fahne gesehn?
Man weiß ja nicht, wie der Wind tut wehn!
Unser Fähnlein, das ist drei Ellen Taft,
So'n Ding ist bald wieder angeschafft.
Tambour! Strapazier doch die Trommel nicht so sehr,
Alleweil sind die Kalbsfell so wohlfeil nicht mehr!

Unser Hauptmann ist 'n gar braver Mann,
Nur schad, daß er gar kein Pulver riechen kann.
Unser Leutnant ist ein g'waltiger Held,
Wenn's drauflos geht, hat er hinter die Fronte sich gestellt.

Der Herr General hat doch die meiste Couraasch,
Wenn's schießt, versteckt er sich hinter die Bagaasch.
Bei Lützen, da ist 'ne Bombe geplatzt,
Potz Wetter! wie sind wir da ausgekratzt!
Denn wenn so 'n Biest am Ende einen trifft,
Hilft einem, weiß Gott, der ganze Feldzug nischt.
Da lob' ich mir so 'nen bayrischen Kloß,
So'n Ding geht doch so leicht nicht los.
Bei Leipzig, in der großen Völkerschlacht,
Da haben wir beinah' nen Gefangenen gemacht.

Was geht denn da im Busch herum?
Das ist gewiß der Napolium!
Reißt aus, Kameraden, reißt alle, alle aus!
Dort steht ein französisches Schilderhaus.
Ach, wie wird's uns erst in Frankreich ergehn!
Dort soll ja kein Mensch das Deutsch verstehn.
Und was da klug die Leute sind:
Da spricht französisch ein jedes Kind!
Die Franzosen schießen so ins Blaue hinein,
Sie bedenken gar nicht, daß da Leut' könnten sein.
Jetzt, Bauern kochts Knödel und Hirsenbrei,
Wenn die Landwehr kommt, wird sie hungrig sei'.
Immer lustig voran, nur immer lustig voran,
Daß ma' brav in die Knödel einhauen kann!

Gotthold Ephraim Lessing

Der Tod

Gestern, Brüder, könnt ihr's glauben?
Gestern bei dem Saft der Trauben,
Stellt euch mein Erschrecken für!
Gestern kam der Tod zu mir.

Drohend schwang er seine Hippe,
Drohend sprach das Furchtgerippe:
»Fort, du teurer Bacchusknecht!
Fort, du hast genug gezecht!«

»Lieber Tod«, sprach ich mit Tränen,
»Solltest du nach mir dich sehnen?
Sieh, da stehet Wein für dich!
Lieber Tod, verschone mich!«

Lächelnd greift er nach dem Glase,
Lächelnd macht er's auf der Base,
Auf der Pest Gesundheit leer;
Lächelnd setzt er's wieder her.

Fröhlich glaub ich mich befreiet,
Als er schnell sein Drohn erneuet.
»Narre, für dein Gläschen Wein
Denkst du«, spricht er, »los zu sein?«

»Tod«, bat ich, »ich möcht auf Erden
Gern ein Mediziner werden.
Laß mich! ich verspreche dir
Meine Kranken halb dafür.«

»Gut, wenn das ist, magst du leben!«
Ruft er. »Nur sei mir ergeben.
Lebe, bis du satt geküßt
Und des Trinkens müde bist.«

O wie schön klingt dies den Ohren!
Tod, du hast mich neu geboren.
Dieses Glas voll Rebensaft,
Tod, auf gute Brüderschaft!

Ewig muß ich also leben,
Ewig denn, beim Gott der Reben!
Ewig soll mich Lieb und Wein,
Ewig Wein und Lieb erfreun!

Matthias Claudius

Die Geschichte von Goliath und David
in Reime bracht

War einst ein Riese Goliath,
Gar ein gefährlich Mann.
Er hatte Tressen auf dem Hut
Mit einem Klunker dran
Und einen Rock von *Drap d'argent*
Und alles so nach *advenant.*

An seinen Schnurrbart sah man nur
Mit Gräsen und mit Graus,
Und dabei sah er von Natur
Pur wie der – aus.
Sein Sarras war, man glaubt es kaum,
So groß schier als ein Weberbaum.

Er hatte Knochen wie ein Gaul
Und eine freche Stirn
Und ein entsetzlich großes Maul
Und nur ein kleines Hirn;
Gab jedem einen Rippenstoß
Und flunkerte und prahlte groß.

So kam er alle Tage her
Und sprach Israel Hohn.

»Wer ist der Mann? Wer wagt's mit mir?
Sei Vater oder Sohn,
Er komme her, der Lumpenhund,
Ich box'n nieder auf den Grund.«

Da kam in seinem Schäferrock
Ein Jüngling zart und fein;
Er hatte nichts als seinen Stock,
Als Schleuder und den Stein
Und sprach: »Du hast viel Stolz und Wehr,
Ich komm im Namen Gottes her.«

Und damit schleudert' er auf ihn
Und traf die Stirne gar;
Da fiel der große Esel hin,
So lang und dick er war.
Und David haut' in guter Ruh
Ihm nun den Kopf noch ab dazu.

Trau nicht auf deinen Tressenhut,
Noch auf den Klunker dran;
Ein großes Maul es auch nicht tut,
Das lern vom langen Mann;
Und von dem kleinen lerne wohl,
Wie man mit Ehren fechten soll.

Gottfried August Bürger

Lenore

Lenore fuhr ums Morgenrot
Empor aus schweren Träumen:
»Bist untreu, Wilhelm, oder tot?
Wie lange willst du säumen?« –
Er war mit König Friedrichs Macht
Gezogen in die Prager Schlacht
Und hatte nicht geschrieben,
Ob er gesund geblieben.

Der König und die Kaiserin,
Des langen Haders müde,
Erweichten ihren harten Sinn
Und machten endlich Friede;
Und jedes Heer, mit Sing und Sang,
Mit Paukenschlag und Kling und Klang,
Geschmückt mit grünen Reisern,
Zog heim zu seinen Häusern.

Und überall, allüberall,
Auf Wegen und auf Stegen,
Zog alt und jung dem Jubelschall
Der Kommenden entgegen.
»Gottlob!« rief Kind und Gattin laut,
»Willkommen!« manche frohe Braut.
Ach! aber für Lenoren
War Gruß und Kuß verloren.

Sie frug den Zug wohl auf und ab
Und frug nach allen Namen;
Doch keiner war, der Kundschaft gab,
Von allen, so da kamen.
Als nun das Heer vorüber war,
Zerraufte sie ihr Rabenhaar
Und warf sich hin zur Erde
Mit wütiger Gebärde.

Die Mutter lief wohl hin zu ihr:
»Ach, daß sich Gott erbarme!
Du trautes Kind, was ist mir dir?« –
Und schloß sie in die Arme. –
»O Mutter, Mutter! hin ist hin!
Nun fahre Welt und alles hin!
Bei Gott ist kein Erbarmen.
O weh, o weh mir Armen!« –

»Hilf Gott, hilf! Sieh uns gnädig an!
Kind, bet ein Vaterunser!
Was Gott tut, das ist wohlgetan.
Gott, Gott erbarmt sich unser!« –
»O Mutter, Mutter! eitler Wahn!
Gott hat an mir nicht wohlgetan!
Was half, was half mein Beten?
Nun ist's nicht mehr vonnöten.« –

»Hilf Gott, hilf! Wer den Vater kennt,
Der weiß, er hilft den Kindern.
Das hochgelobte Sakrament
Wird deinen Jammer lindern.« –

»O Mutter, Mutter, was mich brennt,
Das lindert mir kein Sakrament!
Kein Sakrament mag Leben
Den Toten wiedergeben.« –

»Hör, Kind! Wie, wenn der falsche Mann,
Im fernen Ungerlande
Sich seines Glaubens abgetan
Zum neuen Ehebande?
Laß fahren, Kind, sein Herz dahin!
Er hat es nimmermehr Gewinn!
Wann Seel und Leib sich trennen,
Wird ihn sein Meineid brennen.« –

»O Mutter, Mutter! hin ist hin!
Verloren ist verloren!
Der Tod, der Tod ist mein Gewinn!
O wär ich nie geboren!
Lisch aus, mein Licht, auf ewig aus!
Stirb hin, stirb hin in Nacht und Graus!
Bei Gott ist kein Erbarmen.
O weh, o weh mir Armen!« –

»Hilf Gott, hilf! Geh nicht ins Gericht
Mit deinem armen Kinde!
Sie weiß nicht, was die Zunge spricht;
Behalt ihr nicht die Sünde!
Ach, Kind, vergiß dein irdisch Leid
Und denk an Gott und Seligkeit!
So wird doch deiner Seelen
Der Bräutigam nicht fehlen.« –

»O Mutter! was ist Seligkeit?
O Mutter! was ist Hölle?
Bei ihm, bei ihm ist Seligkeit,
Und ohne Wilhelm Hölle! –
Lisch aus, mein Licht, auf ewig aus!
Stirb hin, stirb hin in Nacht und Graus!
Ohn ihn mag ich auf Erden,
Mag dort nicht selig werden.« –

So wütete Verzweifelung
Ihr in Gehirn und Adern.
Sie fuhr mit Gottes Vorsehung
Vermessen fort zu hadern;
Zerschlug den Busen und zerrang
Die Hand bis Sonnenuntergang,
Bis auf am Himmelsbogen
Die goldnen Sterne zogen.

Und außen, horch! ging's trapp trapp trapp,
Als wie von Rosseshufen;
Und klirrend stieg ein Reiter ab
An des Geländers Stufen;
Und horch! und horch! den Pfortenring
Ganz lose, leise, klinglingling!
Dann kamen durch die Pforte
Vernehmlich diese Worte:

»Holla, holla! Tu auf, mein Kind!
Schläfst, Liebchen, oder wachst du?
Wie bist noch gegen mich gesinnt?
Und weinest oder lachst du?« –

»Ach, Wilhelm, du?... So spät bei Nacht?...
Geweinet hab ich und gewacht;
Ach, großes Leid erlitten!
Wo kommst du hergeritten?« –

»Wir satteln nur um Mitternacht.
Weit ritt ich her von Böhmen.
Ich habe spät mich aufgemacht
Und will dich mit mir nehmen.« –
»Ach, Wilhelm, erst herein geschwind!
Den Hagedorn durchsaust der Wind,
Herein, in meinen Armen,
Herzliebster, zu erwarmen!« –

»Laß sausen durch den Hagedorn,
Laß sausen, Kind, laß sausen!
Der Rappe scharrt; es klirrt der Sporn.
Ich darf allhier nicht hausen.
Komm, schürze, spring und schwinge dich
Auf meinen Rappen hinter mich!
Muß heut noch hundert Meilen
Mit dir ins Brautbett eilen.« –
»Ach! wolltest hundert Meilen noch
Mich heut ins Brautbett tragen?
Und horch! es brummt die Glocke noch,
Die elf schon angeschlagen.« –
»Sieh hin, sieh her! der Mond scheint hell.
Wir und die Toten reiten schnell.
Ich bringe dich, zur Wette,
Noch heut ins Hochzeitsbette.« –

»Sag an, wo ist dein Kämmerlein?
Wo? wie dein Hochzeitbettchen?« –
»Weit, weit von hier!... Still, kühl und klein!...
Sechs Bretter und zwei Brettchen!« –
»Hat's Raum für mich?« – »Für dich und mich!
Komm, schürze, spring und schwinge dich!
Die Hochzeitgäste hoffen;
Die Kammer steht uns offen.« –

Schön Liebchen schürzte, sprang und schwang
Sich auf das Roß behende;
Wohl um den trauten Reiter schlang
Sie ihre Lilienhände;
Und hurre hurre, hopp hopp hopp!
Ging's fort in sausendem Galopp,
Daß Roß und Reiter schnoben
Und Kies und Funken stoben.

Zur rechten und zur linken Hand,
Vorbei vor ihren Blicken,
Wie flogen Anger, Heid und Land!
Wie donnerten die Brücken!
»Graut Liebchen auch?... Der Mond scheint hell!
Hurra! Die Toten reiten schnell!
Graut Liebchen auch vor Toten?« –
»Ach nein!... Doch laß die Toten!« –

Was klang dort für Gesang und Klang?
Was flatterten die Raben?...
Horch, Glockenklang! horch, Totensang:
»Laßt uns den Leib begraben!«

Und näher zog ein Leichenzug,
Der Sarg und Totenbahre trug.
Das Lied war zu vergleichen
Dem Unkenruf in Teichen.

»Nach Mitternacht begrabt den Leib
Mit Klang und Sang und Klage!
Jetzt führ ich heim mein junges Weib;
Mit, mit zum Brautgelage!...
Komm, Küster, hier! komm mit dem Chor
Und gurgle mir das Brautlied vor!
Komm, Pfaff, und sprich den Segen,
Eh wir zu Bett uns legen!« –

Still, Klang und Sang... Die Bahre schwand...
Gehorsam seinem Rufen,
Kam's, hurre hurre! nachgerannt
Hart hinter's Rappen Hufen.
Und immer weiter, hopp hopp hopp!
Ging's fort in sausendem Galopp,
Daß Roß und Reiter schnoben
Und Kies und Funken stoben.

Wie flogen rechts, wie flogen links
Gebirge, Bäum und Hecken!
Wie flogen links und rechts und links
Die Dörfer, Städt und Flecken! –
»Graut Liebchen auch?... Der Mond scheint hell!
Hurra! Die Toten reiten schnell!
Graut Liebchen auch vor Toten?« –
»Ach! Laß sie ruhn, die Toten!« –

Sieh da! sieh da! Am Hochgericht
Tanzt um des Rades Spindel,
Halb sichtbarlich bei Mondenlicht,
Ein luftiges Gesindel. –
»Sasa! Gesindel, hier! komm hier!
Gesindel, komm und folge mir!
Tanz uns den Hochzeitsreigen,
Wann wir zu Bette steigen!« –

Und das Gesindel, husch husch husch!
Kam hinten nachgeprasselt,
Wie Wirbelwind am Haselbusch
Durch dürre Blätter rasselt.
Und weiter, weiter, hopp hopp hopp!
Ging's fort in sausendem Galopp,
Daß Roß und Reiter schnoben
Und Kies und Funken stoben.

Wie flog, was rund der Mond beschien,
Wie flog es in die Ferne!
Wie flogen oben überhin
Der Himmel und die Sterne! –
»Graut Liebchen auch?... Der Mond scheint hell!
Hurra! Die Toten reiten schnell!
Graut Liebchen auch vor Toten?« –
»O weh! Laß ruhn die Toten!« –

»Rapp'! Rapp'! mich dünkt, der Hahn schon ruft...
Bald wird der Sand verrinnen...
Rapp'! Rapp'! ich wittre Morgenluft...
Rapp'! tummle dich von hinnen! –

Vollbracht, vollbracht ist unser Lauf!
Das Hochzeitbette tut sich auf!
Die Toten reiten schnelle!
Wir sind, wir sind zur Stelle.« –

Rasch auf ein eisern Gittertor
Ging's mit verhängtem Zügel.
Mit schwanker Gert ein Schlag davor
Zersprengte Schloß und Riegel.
Die Flügel flogen klirrend auf,
Und über Gräber ging der Lauf;
Es blinkten Leichensteine
Rundum im Mondenscheine.

Ha sieh! Ha sieh! Im Augenblick –
Huhu! ein gräßlich Wunder!
Des Reiters Koller, Stück für Stück,
Fiel ab wie mürber Zunder.
Zum Schädel, ohne Zopf und Schopf,
Zum nackten Schädel ward sein Kopf,
Sein Körper zum Gerippe
Mit Stundenglas und Hippe.

Hoch bäumte sich, wild schnob der Rapp'
Und sprühte Feuerfunken;
Und hui! war's unter ihr hinab
Verschwunden und versunken.
Geheul! Geheul aus hoher Luft,
Gewinsel kam aus tiefer Gruft.
Lenorens Herz mit Beben
Rang zwischen Tod und Leben.

Nun tanzten wohl bei Mondenglanz
Rundum herum im Kreise
Die Geister einen Kettentanz
Und heulten diese Weise:
»Geduld, Geduld! Wenn's Herz auch bricht!
Mit Gott im Himmel hadre nicht!
Des Leibes bist du ledig;
Gott sei der Seele gnädig!«

Die Weiber von Weinsberg

Wer sagt mir an, wo Weinsberg liegt?
Soll sein ein wackres Städtchen,
Soll haben, fromm und klug gewiegt,
Viel Weiberchen und Mädchen.
Kömmt mir einmal das Freien ein,
So werd ich eins aus Weinsberg frein.

Einsmals der Kaiser Konrad war
Dem guten Städtlein böse,
Und rückt' heran mit Kriegesschar
Und Reisigengetöse,
Umlagert' es mit Roß und Mann
Und schoß und rannte drauf und dran.

Und als das Städtlein widerstand,
Trutz allen seinen Nöten,
Da hieß er, hoch von Grimm entbrannt,
Den Herold 'neintrompeten:
»Ihr Schurken! komm ich 'nein, so wißt,
Soll hängen, was die Wand bepißt!«

Drob, als er den Avis also
Hineintrompeten lassen,
Gab's euch ein Zetermordio
Zu Haus und auf den Gassen.
Das Brot war teuer in der Stadt,
Doch teurer noch war guter Rat.

»O weh mir armen Korydon!
O weh mir!« Die Pastores
Schrien: »Kyrie Eleison!
Wir gehn, wir gehn kapores!
O weh mir armen Korydon!
Es juckt mir an der Kehle schon.«

Doch wenn's Matthä' am letzten ist,
Trotz Raten, Tun und Beten,
So rettet oft noch Weiberlist
Aus Ängsten und aus Nöten.
Denn Pfaffentrug und Weiberlist
Gehn über alles, wie ihr wißt.

Ein junges Weibchen lobesan,
Seit gestern erst getrauet,
Gab einen klugen Einfall an,

Der alles Volk erbauet,
Den ihr, sofern ihr anders wollt,
Belachen und beklatschen sollt.

Zur Zeit der stillen Mitternacht
Die schönste Ambassade
Von Weibern sich ins Lager macht
Und bettelt dort um Gnade.
Sie bettelt sanft, sie bettelt süß,
Erhält doch aber nichts als dies:

Die Weiber sollten Abzug han
Mit ihren besten Schätzen,
Was übrig bliebe, wollte man
Zerhauen und zerfetzen. –
Mit der Kapitulation
Schleicht die Gesandtschaft trüb davon.

Drauf, als der Morgen bricht hervor,
Gebt Achtung! was geschiehet?
Es öffnet sich das nächste Tor,
Und jedes Weibchen ziehet
Mit ihrem Männchen schwer im Sack,
So wahr ich lebe! huckepack.

Manch Hofschranz suchte zwar sofort
Das Kniffchen zu vereiteln;
Doch Konrad sprach: »Ein Kaiserwort
Soll man nicht drehn noch deuteln!
Ha bravo!« rief er, »bravo so!
Meint' unsre Frau es auch nur so!«

Er gab Pardon und ein Bankett,
Den Weibern zu gefallen.
Da ward gegeigt, da ward trompet't
Und durchgetanzt mit allen,
Wie mit der Burgermeisterin,
So mit der Besenbinderin.

Ei! sagt mir doch, wo Weinsberg liegt?
Ist gar ein wackres Städtchen,
Hat, treu und fromm und klug gewiegt,
Viel Weiberchen und Mädchen.
Ich muß, kömmt mir das Freien ein,
Fürwahr! muß eins aus Weinsberg frein!

Doktor Eisenbart

(Unbekannter Verfasser, Ende 18. Jh.)

Ich bin der Doktor Eisenbart,
Kurier die Leut nach meiner Art;
Kann machen, daß die Blinden gehn
Und daß die Lahmen wieder sehn.

Zu Ulm kuriert' ich einen Mann,
Daß ihm das Blut vom Beine rann;
Er wollte gern gekuhpockt sein,
Ich impft's ihm mit dem Bratspieß ein.

Zu Wimpfen accouchierte ich
Ein Kind zur Welt gar meisterlich;
Dem Kind zerbrach ich das Genick,
Die Mutter starb zu gutem Glück.

Des Küsters Sohn zu Dideldum,
Dem gab ich zehn Pfund Opium;
Drauf schlief er Jahre, Tag und Nacht
Und ist bis jetzt noch nicht erwacht.

Der Schulmeister zu Itzehoe
Litt dreißig Jahr an Diarrhoe;
Ich gab ihm *Cremor tartri* ein,
Er ging zu seinen Vätern heim.

Dem guten Hauptmann von der Lust
Nahm ich drei Bomben aus der Brust;

Die Schmerzen waren ihm zu groß –
Wohl ihm, er ist die Juden los.

Zu Potsdam trepanierte ich
Den Koch des großen Friederich;
Ich schlug ihn mit dem Beil vor 'n Kopf,
Gestorben ist der arme Tropf.

Es hatt' ein Weib in Langensalz
Ein' zentnerschweren Kropf am Hals;
Den schnürt' ich mit dem Hemmseil zu,
Probatum est! sie hat nun Ruh.

Zu Leipzig nahm ich einem Weib
Zehn Fuder Steine aus dem Leib;
Der letzte war ihr Leichenstein,
Jetzt wird sie wohl kurieret sein.

Das ist die Art, wie ich kurier,
Sie ist probat, ich bürg dafür;
Daß jedes Mittel Wirkung tut,
Schwör ich bei meinem Doktorhut.

JOHANN WOLFGANG GOETHE

Erlkönig

Wer reitet so spät durch Nacht und Wind?
Es ist der Vater mit seinem Kind;
Er hat den Knaben wohl in dem Arm,
Er faßt ihn sicher, er hält ihn warm.

»Mein Sohn, was birgst du so bang dein Gesicht?« –
»Siehst, Vater, du den Erlkönig nicht?
Den Erlenkönig mit Kron und Schweif?« –
»Mein Sohn, es ist ein Nebelstreif.« –

›Du liebes Kind, komm, geh mit mir!
Gar schöne Spiele spiel ich mit dir;
Manch bunte Blumen sind an dem Strand,
Meine Mutter hat manch gülden Gewand.‹

»Mein Vater, mein Vater, und hörest du nicht,
Was Erlenkönig mir leise verspricht?« –
»Sei ruhig, bleibe ruhig, mein Kind!
In dürren Blättern säuselt der Wind.« –

›Willst, feiner Knabe, du mit mir gehn?
Meine Töchter sollen dich warten schön;
Meine Töchter führen den nächtlichen Reihn,
Und wiegen und tanzen und singen dich ein.‹

»Mein Vater, mein Vater, und siehst du nicht dort
Erlkönigs Töchter am düstern Ort?« –
»Mein Sohn, mein Sohn, ich seh es genau:
Es scheinen die alten Weiden so grau.« –

›Ich liebe dich, mich reizt deine schöne Gestalt;
Und bist du nicht willig, so brauch ich Gewalt.‹
»Mein Vater, mein Vater, jetzt faßt er mich an!
Erlkönig hat mir ein Leids getan!« –

Dem Vater grauset's, er reitet geschwind,
Er hält in Armen das ächzende Kind,
Erreicht den Hof mit Mühe und Not;
In seinen Armen das Kind war tot.

Der König in Thule

Es war ein König in Thule,
Gar treu bis an das Grab,
Dem sterbend seine Buhle
Einen goldnen Becher gab.

Es ging ihm nichts darüber,
Er leert' ihn jeden Schmaus;
Die Augen gingen ihm über,
Sooft er trank daraus.

Und als er kam zu sterben,
Zählt' er seine Städt im Reich,
Gönnt' alles seinen Erben,
Den Becher nicht zugleich.

Er saß beim Königsmahle,
Die Ritter um ihn her,
Auf hohem Vätersaale
Dort auf dem Schloß am Meer.

Dort stand der alte Zecher,
Trank letzte Lebensglut,
Und warf den heil'gen Becher
Hinunter in die Flut.

Er sah ihn stürzen, trinken
Und sinken tief ins Meer.
Die Augen täten ihm sinken;
Trank nie einen Tropfen mehr.

Der Fischer

Das Wasser rauscht', das Wasser schwoll,
Ein Fischer saß daran,
Sah nach dem Angel ruhevoll,
Kühl bis ans Herz hinan.

Und wie er sitzt und wie er lauscht,
Teilt sich die Flut empor;
Aus dem bewegten Wasser rauscht
Ein feuchtes Weib hervor.

Sie sang zu ihm, sie sprach zu ihm:
»Was lockst du meine Brut
Mit Menschenwitz und Menschenlist
Hinauf in Todesglut?
Ach, wüßtest du, wie's Fischlein ist
So wohlig auf dem Grund,
Du stiegst herunter, wie du bist,
Und würdest erst gesund.

Labt sich die liebe Sonne nicht,
Der Mond sich nicht im Meer?
Kehrt wellenatmend ihr Gesicht
Nicht doppelt schöner her?
Lockt dich der tiefe Himmel nicht,
Das feuchtverklärte Blau?
Lockt dich dein eigen Angesicht
Nicht her in ew'gen Tau?«

Das Wasser rauscht', das Wasser schwoll,
Netzt' ihm den nackten Fuß;
Sein Herz wuchs ihm so sehnsuchtsvoll,
Wie bei der Liebsten Gruß.
Sie sprach zu ihm, sie sang zu ihm;
Da war's um ihn geschehn:
Halb zog sie ihn, halb sank er hin,
Und ward nicht mehr gesehn.

Heidenröslein

Sah ein Knab ein Röslein stehn,
Röslein auf der Heiden,
War so jung und morgenschön,
Lief er schnell, es nah zu sehn,
Sah's mit vielen Freuden.
Röslein, Röslein, Röslein rot,
Röslein auf der Heiden.

Knabe sprach: Ich breche dich,
Röslein auf der Heiden!
Röslein sprach: ich steche dich,
Daß du ewig denkst an mich,
Und ich will's nicht leiden.
Röslein, Röslein, Röslein rot,
Röslein auf der Heiden.

Und der wilde Knabe brach
's Röslein auf der Heiden;
Röslein wehrte sich und stach,
Half ihm doch kein Weh und Ach,
Mußt es eben leiden.
Röslein, Röslein, Röslein rot,
Röslein auf der Heiden.

Der Schatzgräber

Arm am Beutel, krank am Herzen,
Schleppt ich meine langen Tage.
Armut ist die größte Plage,
Reichtum ist das höchste Gut!
Und, zu enden meine Schmerzen,
Ging ich, einen Schatz zu graben,
Meine Seele sollst du haben!
Schrieb ich hin mit eignem Blut.

Und so zog ich Kreis' um Kreise,
Stellte wunderbare Flammen,
Kraut und Knochenwerk zusammen;
Die Beschwörung war vollbracht.
Und auf die gelernte Weise
Grub ich nach dem alten Schatze
Auf dem angezeigten Platze;
Schwarz und stürmisch war die Nacht.

Und ich sah ein Licht von weiten;
Und es kam gleich einem Sterne
Hinten aus der fernsten Ferne,
Eben als es zwölfe schlug.
Und da galt kein Vorbereiten.
Heller ward's mit einem Male
Von dem Glanz der vollen Schale,
Die ein schöner Knabe trug.

Holde Augen sah ich blinken
Unter dichtem Blumenkranze;
In des Trankes Himmelsglanze
Trat er in den Kreis herein.
Und er hieß mich freundlich trinken;
Und ich dacht: Es kann der Knabe
Mit der schönen, lichten Gabe
Wahrlich nicht der Böse sein.

»Trinke Mut des reinen Lebens!
Dann verstehst du die Belehrung,
Kommst mit ängstlicher Beschwörung
Nicht zurück an diesen Ort,
Grabe hier nicht mehr vergebens.
Tages Arbeit! Abends Gäste!
Saure Wochen! Frohe Feste!
Sei dein künftig Zauberwort.«

Der Sänger

Was hör ich draußen vor dem Tor,
Was auf der Brücke schallen?
Laß den Gesang vor unserm Ohr
Im Saale widerhallen!«
Der König sprach's, der Page lief;
Der Knabe kam, der König rief:
»Laßt mir herein den Alten!«

»Gegrüßet seid mir, edle Herrn,
Gegrüßt ihr, schöne Damen!
Welch reicher Himmel! Stern bei Stern!
Wer kennet ihre Namen?
Im Saal voll Pracht und Herrlichkeit
Schließt, Augen, euch; hier ist nicht Zeit,
Sich staunend zu ergetzen.«

Der Sänger drückt' die Augen ein
Und schlug in vollen Tönen;
Die Ritter schauten mutig drein,
Und in den Schoß die Schönen.
Der König, dem das Lied gefiel,
Ließ, ihn zu ehren für sein Spiel,
Eine goldne Kette holen.

»Die goldne Kette gib mir nicht,
Die Kette gib den Rittern,
Vor deren kühnem Angesicht
Der Feinde Lanzen splittern;
Gib sie dem Kanzler, den du hast,
Und laß ihn noch die goldne Last
Zu andern Lasten tragen.

Ich singe, wie der Vogel singt,
Der in den Zweigen wohnet;
Das Lied, das aus der Kehle dringt,
Ist Lohn, der reichlich lohnet.
Doch darf ich bitten, bitt ich eins:
Laß mir den besten Becher Weins
In purem Golde reichen!«

Er setzt' ihn an, er trank ihn aus:
»O Trank voll süßer Labe!
O wohl dem hochbeglückten Haus,
Wo das ist kleine Gabe!
Ergeht's euch wohl, so denkt an mich
Und danket Gott so warm, als ich
Für diesen Trunk euch danke.«

Der Totentanz

Der Türmer, der schaut zu mitten der Nacht
Hinab auf die Gräber in Lage:
Der Mond, der hat alles ins Helle gebracht,
Der Kirchhof, er liegt wie am Tage.
Da regt sich ein Grab und ein anderes dann,
Sie kommen hervor, ein Weib da, ein Mann,
In weißen und schleppenden Hemden.

Das reckt nun, es will sich ergötzen sogleich,
Die Knöchel zur Runde, zum Kranze,
So arm und so jung und so alt und so reich;
Doch hindern die Schleppen am Tanze.
Und weil hier die Scham nun nicht weiter gebeut,
Sie schütteln sich alle: da liegen zerstreut
Die Hemdelein über den Hügeln.

Nun hebt sich der Schenkel, nun wackelt das Bein,
Gebärden da gibt es vertrackte;
Dann klippert's und klappert's mitunter hinein,
Als schlüg man die Hölzlein zum Takte.
Das kommt nun dem Türmer so lächerlich vor;
Da raunt ihm der Schalk, der Versucher, ins Ohr:
Geh, hole dir einen der Laken!

Getan wie gedacht! und er flüchtet sich schnell
Nun hinter geheiligte Türen.
Der Mond, und noch immer er scheinet so hell
Zum Tanz, den sie schauderlich führen.
Doch endlich verlieret sich dieser und der,
Schleicht eins nach dem andern gekleidet einher,
Und husch! ist es unter dem Rasen.

Nur einer, der trippelt und stolpert zuletzt
Und tappet und grapst an den Grüften;
Doch hat kein Geselle so schwer ihn verletzt,
Er wittert das Tuch in den Lüften.
Er rüttelt die Turmtür, sie schlägt ihn zurück,
Geziert und gesegnet, dem Türmer zum Glück;
Sie blinkt von metallenen Kreuzen.

Das Hemd muß er haben, da rastet er nicht,
Da gilt auch kein langes Besinnen;
Den gotischen Zierat ergreift nun der Wicht
Und klettert von Zinne zu Zinnen.
Nun ist's um den armen, den Türmer getan!
Es ruckt sich von Schnörkel zu Schnörkel hinan,
Langbeinigen Spinnen vergleichbar.

Der Türmer erbleichet, der Türmer erbebt,
Gern gäb' er ihn wieder, den Laken.
Da häkelt – jetzt hat er am längsten gelebt –
Den Zipfel ein eiserner Zacken.
Schon trübet der Mond sich verschwindenden Schein
Die Glocke, sie donnert ein mächtiges Eins,
Und unten zerschellt das Gerippe.

Der Zauberlehrling

Hat der alte Hexenmeister
Sich doch einmal wegbegeben!
Und nun sollen seine Geister
Auch nach meinem Willen leben.
Seine Wort' und Werke
Merkt ich und den Brauch,
Und mit Geistesstärke
Tu ich Wunder auch.
  Walle! walle
  Manche Strecke,
  Daß, zum Zwecke,
  Wasser fließe
  Und mit reichem, vollem Schwalle
  Zu dem Bade sich ergieße.

Und nun komm, du alter Besen!
Nimm die schlechten Lumpenhüllen;

Bist schon lange Knecht gewesen;
Nun erfülle meinen Willen!
Auf zwei Beinen stehe,
Oben sei ein Kopf,
Eile nun und gehe
Mit dem Wassertopf!
  Walle! walle
  Manche Strecke,
  Daß, zum Zwecke,
  Wasser fließe
  Und mit reichem, vollem Schwalle
  Zu dem Bade sich ergieße.

Seht, er läuft zum Ufer nieder;
Wahrlich! ist schon an dem Flusse,
Und mit Blitzesschnelle wieder
Ist er hier mit raschem Gusse.
Schon zum zweiten Male!
Wie das Becken schwillt!
Wie sich jede Schale
Voll mit Wasser füllt!
  Stehe! stehe!
  Denn wir haben
  Deiner Gaben
  Vollgemessen! –
  Ach, ich merk es! Wehe! wehe!
  Hab ich doch das Wort vergessen!

Ach, das Wort, worauf am Ende
Er das wird, was er gewesen.
Ach, er läuft und bringt behende!

Wärst du doch der alte Besen!
Immer neue Güsse
Bringt er schnell herein,
Ach! und hundert Flüsse
Stürzen auf mich ein.
  Nein, nicht länger
  Kann ich's lassen;
  Will ihn fassen.
  Das ist Tücke!
  Ach, nun wird mir immer bänger!
  Welche Miene! welche Blicke!

O, du Ausgeburt der Hölle!
Soll das ganze Haus ersaufen?
Seh ich über jede Schwelle
Doch schon Wasserströme laufen.
Ein verruchter Besen,
Der nicht hören will!
Stock, der du gewesen,
Steh doch wieder still!
  Willst's am Ende
  Gar nicht lassen?
  Will dich fassen,
  Will dich halten,
  Und das alte Holz behende
  Mit dem scharfen Beile spalten.

Seht, da kommt er schleppend wieder!
Wie ich mich nur auf dich werfe,
Gleich, o Kobold, liegst du nieder;
Krachend trifft die glatte Schärfe.

Wahrlich! brav getroffen!
Seht, er ist entzwei!
Und nun kann ich hoffen,
Und ich atme frei!
  Wehe! wehe!
  Beide Teile
  Stehn in Eile
  Schon als Knechte
  Völlig fertig in die Höhe!
  Helft mir, ach! ihr hohen Mächte!

Und sie laufen! Naß und nässer
Wird's im Saal und auf den Stufen.
Welch entsetzliches Gewässer!
Herr und Meister! hör mich rufen! –
Ach, da kommt der Meister!
Herr, die Not ist groß!
Die ich rief, die Geister,
Werd ich nun nicht los.
  »In die Ecke,
  Besen! Besen!
  Seid's gewesen.
  Denn als Geister
  Ruft euch nur, zu seinem Zwecke,
  Erst hervor der alte Meister.«

FRIEDRICH SCHILLER

Die Bürgschaft

Zu Dionys, dem Tyrannen, schlich
Damon, den Dolch im Gewande;
Ihn schlugen die Häscher in Bande.
»Was wolltest du mit dem Dolche, sprich!«
Entgegnet ihm finster der Wüterich.
»Die Stadt vom Tyrannen befreien!«
»Das sollst du am Kreuze bereuen.«

»Ich bin«, spricht jener, »zu sterben bereit
Und bitte nicht um mein Leben;
Doch willst du Gnade mir geben,
Ich flehe dich um drei Tage Zeit,
Bis ich die Schwester dem Gatten gefreit;
Ich lasse den Freund dir als Bürgen –
Ihn magst du, entrinn ich, erwürgen.«

Da lächelt der König mit arger List
Und spricht nach kurzem Bedenken:
»Drei Tage will ich dir schenken.
Doch wisse: wenn sie verstrichen, die Frist,
Eh du zurück mir gegeben bist,
So muß er statt deiner erblassen,
Doch dir ist die Strafe erlassen.«

Und er kommt zum Freunde: »Der König gebeut,
Daß ich am Kreuz mit dem Leben
Bezahle das frevelnde Streben;
Doch will er mir gönnen drei Tage Zeit,
Bis ich die Schwester dem Gatten gefreit.
So bleib du dem König zum Pfande,
Bis ich komme, zu lösen die Bande.«

Und schweigend umarmt ihn der treue Freund
Und liefert sich aus dem Tyrannen,
Der andre ziehet von dannen.
Und ehe das dritte Morgenrot scheint,
Hat er schnell dem Gatten die Schwester vereint,
Eilt heim mit sorgender Seele,
Damit er die Frist nicht verfehle.

Da gießt unendlicher Regen herab,
Von den Bergen stürzen die Quellen,
Und die Bäche, die Ströme schwellen.
Und er kommt ans Ufer mit wanderndem Stab –
Da reißet die Brücke der Strudel hinab,
Und donnernd sprengen die Wogen
Des Gewölbes krachenden Bogen.

Und trostlos irrt er an Ufers Rand;
Wie weit er auch spähet und blicket
Und die Stimme, die rufende, schicket –
Da stößet kein Nachen vom sichern Strand,
Der ihn setze an das gewünschte Land,
Kein Schiffer lenket die Fähre,
Und der wilde Strom wird zum Meere.

Da sinkt er ans Ufer und weint und fleht,
Die Hände zum Zeus erhoben:
»O hemme des Stromes Toben!
Es eilen die Stunden, im Mittag steht
Die Sonne, und wenn sie niedergeht
Und ich kann die Stadt nicht erreichen,
So muß der Freund mir erbleichen.«

Doch wachsend erneut sich des Stromes Wut,
Und Welle auf Welle zerrinnet,
Und Stund an Stunde entrinnet.
Da treibt ihn die Angst, da faßt er sich Mut
Und wirft sich hinein in die brausende Flut
Und teilt mit gewaltigen Armen
Den Strom, und ein Gott hat Erbarmen.

Und gewinnt das Ufer und eilet fort
Und danket dem rettenden Gotte;
Da stürzet die raubende Rotte
Hervor aus des Waldes nächtlichem Ort,
Den Pfad ihm sperrend, und schnaubet Mord
Und hemmet des Wanderers Eile
Mit drohend geschwungener Keule.

»Was wollt ihr?« ruft er, vor Schrecken bleich,
»Ich habe nichts als mein Leben,
Das muß ich dem Könige geben!«
Und entreißet die Keule dem nächsten gleich:
»Um des Freundes willen erbarmet euch!«
Und drei mit gewaltigen Streichen
Erlegt er, die andern entweichen.

Und die Sonne versendet glühenden Brand,
Und von der unendlichen Mühe
Ermattet sinken die Kniee:
»O hast du mich gnädig aus Räuberhand,
Aus dem Strom mich gerettet ans heilige Land,
Und soll hier verschmachtend verderben,
Und der Freund mir, der liebende, sterben!«

Und horch! da sprudelt es silberhell
Ganz nahe, wie rieselndes Rauschen,
Und stille hält er, zu lauschen;
Und sieh, aus dem Felsen, geschwätzig, schnell,
Springt murmelnd hervor ein lebendiger Quell,
Und freudig bückt er sich nieder
Und erfrischet die brennenden Glieder.

Und die Sonne blickt durch der Zweige Grün
Und malt auf den glänzenden Matten
Der Bäume gigantische Schatten;
Und zwei Wanderer sieht er die Straße ziehn,
Will eilenden Laufes vorüberfliehn,
Da hört er die Worte sie sagen:
»Jetzt wird er ans Kreuz geschlagen.«

Und die Angst beflügelt den eilenden Fuß,
Ihn jagen der Sorge Qualen;
Da schimmern in Abendrots Strahlen
Von ferne die Zinnen von Syrakus,
Und entgegen kommt ihm Philostratus,
Des Hauses redlicher Hüter,
Der erkennet entsetzt den Gebieter:

»Zurück! du rettest den Freund nicht mehr,
So rette das eigene Leben!
Den Tod erleidet er eben.
Von Stunde zu Stunde gewartet' er
Mit hoffender Seele der Wiederkehr,
Ihm konnte den mutigen Glauben
Der Hohn des Tyrannen nicht rauben.«

»Und ist es zu spät und kann ich ihm nicht
Ein Retter willkommen erscheinen,
So soll mich der Tod ihm vereinen.
Des rühme der blut'ge Tyrann sich nicht,
Daß der Freund dem Freunde gebrochen die Pflicht –
Er schlachte der Opfer zweie
Und glaube an Liebe und Treue!«

Und die Sonne geht unter, da steht er am Tor
Und sieht das Kreuz schon erhöhet,
Das die Menge gaffend umstehet;
An dem Seile schon zieht man den Freund empor,
Da zertrennt er gewaltig den dichten Chor:
»Mich, Henker!« ruft er, »erwürget!
Da bin ich, für den er gebürget!«

Und Erstaunen ergreifet das Volk umher,
In den Armen liegen sich beide
Und weinen vor Schmerzen und Freude.
Da sieht man kein Auge tränenleer,
Und zum Könige bringt man die Wundermär;
Der fühlt ein menschliches Rühren,
Läßt schnell vor den Thron sie führen.

Und blicket sie lange verwundert an;
Drauf spricht er: »Es ist euch gelungen,
Ihr habt das Herz mir bezwungen,
Und die Treue, sie ist doch kein leerer Wahn –
So nehmet auch mich zum Genossen an.
Ich sei, gewährt mir die Bitte,
In eurem Bunde der Dritte.«

Die Kraniche des Ibykus

Zum Kampf der Wagen und Gesänge,
Der auf Korinthus' Landesenge
Der Griechen Stämme froh vereint,
Zog Ibykus, der Götterfreund.
Ihm schenkte des Gesanges Gabe,
Der Lieder süßen Mund Apoll;
So wandert er, an leichtem Stabe,
Aus Rhegium, des Gottes voll.

Schon winkt auf hohem Bergesrücken
Akrokorinth des Wandrers Blicken,
Und in Poseidons Fichtenhain
Tritt er mit frommem Schauder ein.
Nichts regt sich um ihn her, nur Schwärme
Von Kranichen begleiten ihn,
Die fernhin nach des Südens Wärme
In graulichtem Geschwader ziehn.

»Seid mir gegrüßt, befreund'te Scharen,
Die mir zur See Begleiter waren!
Zum guten Zeichen nehm ich euch,
Mein Los, es ist dem euren gleich:
Von fern her kommen wir gezogen
Und flehen um ein wirtlich Dach.
Sei uns der Gastliche gewogen,
Der von dem Fremdling wehrt die Schmach!«

Und munter fördert er die Schritte
Und sieht sich in des Waldes Mitte –
Da sperren, auf gedrangem Steg,
Zwei Mörder plötzlich seinen Weg.
Zum Kampfe muß er sich bereiten,
Doch bald ermattet sinkt die Hand,
Sie hat der Leier zarte Saiten,
Doch nie des Bogens Kraft gespannt.

Er ruft die Menschen an, die Götter,
Sein Flehen dringt zu keinem Retter,
Wie weit er auch die Stimme schickt,
Nichts Lebendes wird hier erblickt.
»So muß ich hier verlassen sterben,
Auf fremdem Boden, unbeweint,
Durch böser Buben Hand verderben,
Wo auch kein Rächer mir erscheint!«

Und schwer getroffen sinkt er nieder,
Da rauscht der Kraniche Gefieder,
Er hört, schon kann er nicht mehr sehn,
Die nahen Stimmen furchtbar krähn.

»Von euch, ihr Kraniche dort oben,
Wenn keine andre Stimme spricht,
Sei meines Mordes Klag erhoben!«
Er ruft es, und sein Auge bricht.

Der nackte Leichnam wird gefunden,
Und bald, obgleich entstellt von Wunden,
Erkennt der Gastfreund in Korinth
Die Züge, die ihm teuer sind.
»Und muß ich so dich wiederfinden,
Und hoffte mit der Fichte Kranz
Des Sängers Schläfe zu umwinden,
Bestrahlt von seines Ruhmes Glanz!«

Und jammernd hören's alle Gäste,
Versammelt bei Poseidons Feste,
Ganz Griechenland ergreift der Schmerz,
Verloren hat ihn jedes Herz.
Und stürmend drängt sich zum Prytanen
Das Volk, es fordert seine Wut,
Zu rächen des Erschlagnen Manen,
Zu sühnen mit des Mörders Blut.

Doch wo die Spur, die aus der Menge,
Der Völker flutendem Gedränge,
Gelocket von der Spiele Pracht,
Den schwarzen Täter kenntlich macht?
Sind's Räuber, die ihn feig erschlagen?
Tat's neidisch ein verborgner Feind?
Nur Helios vermag's zu sagen,
Der alles Irdische bescheint.

Er geht vielleicht mit frechem Schritte
Jetzt eben durch der Griechen Mitte,
Und während ihn die Rache sucht,
Genießt er seines Frevels Frucht;
Auf ihres eignen Tempels Schwelle
Trotzt er vielleicht den Göttern, mengt
Sich dreist in jene Menschenwelle,
Die dort sich zum Theater drängt.

Denn Bank an Bank gedränget sitzen,
Es brechen fast der Bühne Stützen,
Herbeigeströmt von fern und nah,
Der Griechen Völker wartend da;
Dumpfbrausend wie des Meeres Wogen,
Von Menschen wimmelnd, wächst der Bau
In weiter stets geschweiftem Bogen
Hinauf bis in des Himmels Blau.

Wer zählt die Völker, nennt die Namen,
Die gastlich hier zusammenkamen?
Von Theseus' Stadt, von Aulis' Strand,
Von Phocis, vom Spartanerland,
Von Asiens entlegner Küste,
Von allen Inseln kamen sie
Und horchen von dem Schaugerüste
Des Chores grauser Melodie,

Der, streng und ernst, nach alter Sitte,
Mit langsam abgemeßnem Schritte
Hervortritt aus dem Hintergrund,
Umwandelnd des Theaters Rund.

So schreiten keine ird'schen Weiber,
Die zeugete kein sterblich Haus!
Es steigt das Riesenmaß der Leiber
Hoch über menschliches hinaus.

Ein schwarzer Mantel schlägt die Lenden,
Sie schwingen in entfleischten Händen
Der Fackel düsterrote Glut,
In ihren Wangen fließt kein Blut;
Und wo die Haare lieblich flattern,
Um Menschenstirnen freundlich wehn,
Da sieht man Schlangen hier und Nattern
Die giftgeschwollnen Bäuche blähn.

Und schauerlich gedreht im Kreise
Beginnen sie des Hymnus Weise,
Der durch das Herz zerreißend dringt,
Die Bande um den Frevler schlingt.
Besinnungsraubend, herzbetörend
Schallt der Erinnyen Gesang,
Er schallt, des Hörers Mark verzehrend,
Und duldet nicht der Leier Klang:

»Wohl dem, der frei von Schuld und Fehle
Bewahrt die kindlich reine Seele!
Ihm dürfen wir nicht rächend nahn,
Er wandelt frei des Lebens Bahn.
Doch wehe, wehe, wer verstohlen
Des Mordes schwere Tat vollbracht!
Wir heften uns an seine Sohlen,
Das furchtbare Geschlecht der Nacht.

Und glaubt er fliehend zu entspringen,
Geflügelt sind wir da, die Schlingen
Ihm werfend um den flücht'gen Fuß,
Daß er zu Boden fallen muß.
So jagen wir ihn ohn Ermatten,
Versöhnen kann uns keine Reu,
Ihn fort und fort bis zu den Schatten,
Und geben ihn auch dort nicht frei.«

So singend tanzen sie den Reigen,
Und Stille wie des Todes Schweigen
Liegt überm ganzen Hause schwer,
Als ob die Gottheit nahe wär.
Und feierlich, nach alter Sitte,
Umwandelnd des Theaters Rund,
Mit langsam abgemeßnem Schritte
Verschwinden sie im Hintergrund.

Und zwischen Trug und Wahrheit schwebet
Noch zweifelnd jede Brust und bebet
Und huldiget der furchtbarn Macht,
Die richtend im Verborgnen wacht,
Die unerforschlich, unergründet
Des Schicksals dunkeln Knäuel flicht,
Dem tiefen Herzen sich verkündet,
Doch fliehet vor dem Sonnenlicht.

Da hört man auf den höchsten Stufen
Auf einmal eine Stimme rufen:
»Sieh da! Sieh da, Timotheus,
Die Kraniche des Ibykus!« –

Und finster plötzlich wird der Himmel,
Und über dem Theater hin
Sieht man, in schwärzlichtem Gewimmel,
Ein Kranichheer vorüberziehn.

»Des Ibykus!« – Der teure Name
Rührt jede Brust mit neuem Grame,
Und wie im Meere Well auf Well,
So läuft's von Mund zu Munde schnell:
»Des Ibykus, den wir beweinen,
Den eine Mörderhand erschlug!
Was ist's mit dem? Was kann er meinen?
Was ist's mit diesem Kranichzug?«

Und lauter immer wird die Frage,
Und ahnend fliegt's mit Blitzesschlage
Durch alle Herzen: »Gebet acht,
Das ist der Eumeniden Macht!
Der fromme Dichter wird gerochen,
Der Mörder bietet selbst sich dar.
Ergreift ihn, der das Wort gesprochen,
Und ihn, an den's gerichtet war!«

Doch dem war kaum das Wort entfahren,
Möcht er's im Busen gern bewahren;
Umsonst! Der schreckenbleiche Mund
Macht schnell die Schuldbewußten kund.
Man reißt und schleppt sie vor den Richter,
Die Szene wird zum Tribunal,
Und es gestehn die Bösewichter,
Getroffen von der Rache Strahl.

Der Ring des Polykrates

Er stand auf seines Daches Zinnen,
Er schaute mit vergnügten Sinnen
Auf das beherrschte Samos hin.
»Dies alles ist mir untertänig«,
Begann er zu Ägyptens König,
»Gestehe, daß ich glücklich bin.«

»Du hast der Götter Gunst erfahren!
Die vormals deinesgleichen waren,
Sie zwingt jetzt deines Zepters Macht.
Doch einer lebt noch, sie zu rächen,
Dich kann mein Mund nicht glücklich sprechen,
Solang des Feindes Auge wacht.«

Und eh der König noch geendet,
Da stellt sich, von Milet gesendet,
Ein Bote dem Tyrannen dar:
»Laß, Herr, des Opfers Düfte steigen,
Und mit des Lorbeers muntern Zweigen
Bekränze dir dein festlich Haar.

Getroffen sank dein Feind vom Speere,
Mich sendet mit der frohen Märe
Dein treuer Feldherr Polydor –«
Und nimmt aus einem schwarzen Becken,
Noch blutig, zu der beiden Schrecken,
Ein wohlbekanntes Haupt hervor.

Der König tritt zurück mit Grauen:
»Doch warn ich dich, dem Glück zu trauen«,
Versetzt er mit besorgtem Blick.
»Bedenk, auf ungetreuen Wellen,
Wie leicht kann sie der Sturm zerschellen,
Schwimmt deiner Flotte zweifelnd Glück.«

Und eh er noch das Wort gesprochen,
Hat ihn der Jubel unterbrochen,
Der von der Reede jauchzend schallt.
Mit fremden Schätzen reich beladen
Kehrt zu den heimischen Gestaden
Der Schiffe mastenreicher Wald.

Der königliche Gast erstaunet:
»Dein Glück ist heute gut gelaunet,
Doch fürchte seinen Unbestand.
Der Kreter waffenkund'ge Scharen
Bedräuen dich mit Kriegsgefahren,
Schon nahe sind sie deinem Strand.«

Und eh ihm noch das Wort entfallen,
Da sieht man's von den Schiffen wallen,
Und tausend Stimmen rufen: »Sieg!
Von Feindesnot sind wir befreiet,
Die Kreter hat der Sturm zerstreuet,
Vorbei, geendet ist der Krieg!«

Das hört der Gastfreund mit Entsetzen.
»Fürwahr, ich muß dich glücklich schätzen,
Doch«, spricht er, »zittr' ich für dein Heil.

Mir grauet vor der Götter Neide:
Des Lebens ungemischte Freude
Ward keinem Irdischen zuteil.

Auch mir ist alles wohl geraten,
Bei allen meinen Herrschertaten
Begleitet mich des Himmels Huld;
Doch hatt' ich einen teuren Erben,
Den nahm mir Gott, ich sah ihn sterben,
Dem Glück bezahlt ich meine Schuld.

Drum, willst du dich vor Leid bewahren,
So flehe zu den Unsichtbaren,
Daß sie zum Glück den Schmerz verleihn.
Noch keinen sah ich fröhlich enden,
Auf den mit immer vollen Händen
Die Götter ihre Gaben streun.

Und wenn's die Götter nicht gewähren,
So acht auf eines Freundes Lehren
Und rufe selbst das Unglück her,
Und was von allen deinen Schätzen
Dein Herz am höchsten mag ergötzen,
Das nimm und wirf's in dieses Meer!«

Und jener spricht, von Furcht beweget:
»Von allem, was die Insel heget,
Ist dieser Ring mein höchstes Gut.
Ihn will ich den Erinnen weihen,
Ob sie mein Glück mir dann verzeihen –«
Und wirft das Kleinod in die Flut.

Und bei des nächsten Morgens Lichte,
Da tritt mit fröhlichem Gesichte
Ein Fischer vor den Fürsten hin:
»Herr, diesen Fisch hab ich gefangen,
Wie keiner noch ins Netz gegangen,
Dir zum Geschenke bring ich ihn.«

Und als der Koch den Fisch zerteilet,
Kommt er bestürzt herbeigeeilet
Und ruft mit hocherstauntem Blick:
»Sieh, Herr, den Ring, den du getragen,
Ihn fand ich in des Fisches Magen,
O, ohne Grenzen ist dein Glück!«

Hier wendet sich der Gast mit Grausen:
»So kann ich hier nicht ferner hausen,
Mein Freund kannst du nicht weiter sein.
Die Götter wollen dein Verderben –
Fort eil ich, nicht mit dir zu sterben.«
Und sprach's und schiffte schnell sich ein.

Der Taucher

Wer wagt es, Rittersmann oder Knapp,
Zu tauchen in diesen Schlund?
Einen goldnen Becher werf ich hinab,
Verschlungen schon hat ihn der schwarze Mund.

Wer mir den Becher kann wieder zeigen,
Er mag ihn behalten, er ist sein eigen.«

Der König spricht es und wirft von der Höh
Der Klippe, die schroff und steil
Hinaushängt in die unendliche See,
Den Becher in der Charybde Geheul.
»Wer ist der Beherzte, ich frage wieder,
Zu tauchen in diese Tiefe nieder?«

Und die Ritter, die Knappen um ihn her
Vernehmen's und schweigen still,
Sehen hinab in das wilde Meer,
Und keiner den Becher gewinnen will.
Und der König zum drittenmal wieder fraget:
»Ist keiner, der sich hinunter waget?«

Doch alles noch stumm bleibt wie zuvor;
Und ein Edelknecht, sanft und keck,
Tritt aus der Knappen zagendem Chor,
Und den Gürtel wirft er, den Mantel weg,
Und alle die Männer umher und Frauen
Auf den herrlichen Jüngling verwundert schauen.

Und wie er tritt an des Felsen Hang
Und blickt in den Schlund hinab,
Die Wasser, die sie hinunterschlang,
Die Charybde jetzt brüllend wiedergab,
Und wie mit des fernen Donners Getose
Entstürzen sie schäumend dem finstern Schoße.

Und es wallet und siedet und brauset und zischt,
Wie wenn Wasser mit Feuer sich mengt,
Bis zum Himmel spritzet der dampfende Gischt,
Und Flut auf Flut sich ohn Ende drängt
Und will sich nimmer erschöpfen und leeren,
Als wollte das Meer noch ein Meer gebären.

Doch endlich, da legt sich die wilde Gewalt,
Und schwarz aus dem weißen Schaum
Klafft hinunter ein gähnender Spalt,
Grundlos, als ging's in den Höllenraum,
Und reißend sieht man die brandenden Wogen
Hinab in den strudelnden Trichter gezogen.

Jetzt schnell, eh die Brandung wiederkehrt,
Der Jüngling sich Gott befiehlt,
Und – ein Schrei des Entsetzens wird rings gehört,
Und schon hat ihn der Wirbel hinweggespült,
Und geheimnisvoll über dem kühnen Schwimmer
Schließt sich der Rachen; er zeigt sich nimmer.

Und stille wird's über dem Wasserschlund,
In der Tiefe nur brauset es hohl;
Und bebend hört man von Mund zu Mund:
»Hochherziger Jüngling, fahre wohl!«
Und hohler und hohler hört man's heulen,
Und es harrt noch mit bangem, mit schrecklichem Weilen.

Und wärfst du die Krone selber hinein
Und sprächst: »Wer mir bringet die Kron,
Er soll sie tragen und König sein«,

Mich gelüstete nicht nach dem teuren Lohn.
Was die heulende Tiefe da unten verhehle,
Das erzählt keine lebende glückliche Seele.

Wohl manches Fahrzeug, vom Strudel gefaßt,
Schoß gäh in die Tiefe hinab,
Doch zerschmettert nur rangen sich Kiel und Mast
Hervor aus dem alles verschlingenden Grab. –
Und heller und heller, wie Sturmes Sausen,
Hört man's näher und immer näher brausen.

Und es wallet und siedet und brauset und zischt,
Wie wenn Wasser mit Feuer sich mengt,
Bis zum Himmel spritzet der dampfende Gischt,
Und Well auf Well sich ohn Ende drängt,
Und wie mit des fernen Donners Getose
Entstürzt es brüllend dem finstern Schoße.

Und sieh! aus dem finster flutenden Schoß
Da hebet sich's schwanenweiß,
Und ein Arm und ein glänzender Nacken wird bloß,
Und es rudert mit Kraft und mit emsigem Fleiß,
Und er ist's, und hoch in seiner Linken
Schwingt er den Becher mit freudigem Winken.

Und atmete lang und atmete tief
Und begrüßte das himmlische Licht.
Mit Frohlocken es einer dem andern rief:
»Er lebt! Er ist da! Es behielt ihn nicht!
Aus dem Grab, aus der strudelnden Wasserhöhle
Hat der Brave gerettet die lebende Seele!«

Und er kommt; es umringt ihn die jubelnde Schar;
Zu des Königs Füßen er sinkt,
Den Becher reicht er ihm kniend dar,
Und der König der lieblichen Tochter winkt,
Die füllt ihn mit funkelndem Wein bis zum Rande,
Und der Jüngling sich also zum König wandte:

»Lang lebe der König! Es freue sich,
Wer da atmet im rosigen Licht!
Da unten aber ist's fürchterlich,
Und der Mensch versuche die Götter nicht
Und begehre nimmer und nimmer zu schauen,
Was sie gnädig bedecken mit Nacht und Grauen.

Es riß mich hinunter blitzesschnell,
Da stürzt' mir aus felsigem Schacht
Wildflutend entgegen ein reißender Quell;
Mich packte des Doppelstroms wütende Macht,
Und wie einen Kreisel mit schwindelndem Drehen
Trieb mich's um, ich konnte nicht widerstehen.

Da zeigte mir Gott, zu dem ich rief,
in der höchsten schrecklichen Not,
Aus der Tiefe ragend ein Felsenriff;
Das erfaßt ich behend und entrann dem Tod.
Und da hing auch der Becher an spitzen Korallen,
Sonst wär er ins Bodenlose gefallen.

Denn unter mir lag's noch bergetief
In purpurner Finsternis da;
Und ob's hier dem Ohre gleich ewig schlief,

Das Auge mit Schaudern hinuntersah,
Wie's von Salamandern und Molchen und Drachen
Sich regt' in dem furchtbaren Höllenrachen.

Schwarz wimmelten da, in grausem Gemisch,
Zu scheußlichen Klumpen geballt,
Der stachlichte Roche, der Klippenfisch,
Des Hammers greuliche Ungestalt,
Und dräuend wies mir die grimmigen Zähne
Der entsetzliche Hai, des Meeres Hyäne.

Und da hing ich und war's mir mit Grausen bewußt,
Von der menschlichen Hilfe so weit,
Unter Larven die einzige fühlende Brust,
Allein in der gräßlichen Einsamkeit,
Tief unter dem Schall der menschlichen Rede
Bei den Ungeheuern der traurigen Öde.

Und schaudernd dacht ich's, da kroch's heran,
Regte hundert Gelenke zugleich,
Will schnappen nach mir; in des Schreckens Wahn
Laß ich los der Koralle umklammerten Zweig;
Gleich faßt mich der Strudel mit rasendem Toben,
Doch es war mir zum Heil, er riß mich nach oben.«

Der König darob sich verwundert schier
Und spricht: »Der Becher ist dein;
Und diesen Ring noch bestimm ich dir,
Geschmückt mit dem köstlichsten Edelgestein,
Versuchst du's noch einmal und bringst mir Kunde,
Was du sahst auf des Meeres tiefunterstem Grunde.«

Das hörte die Tochter mit weichem Gefühl,
Und mit schmeichelndem Munde sie fleht:
»Laßt, Vater, genug sein das grausame Spiel!
Er hat Euch bestanden, was keiner besteht,
Und könnt Ihr des Herzens Gelüsten nicht zähmen,
So mögen die Ritter den Knappen beschämen.«

Drauf der König greift nach dem Becher schnell,
In den Strudel ihn schleudert hinein:
»Und schaffst du den Becher mir wieder zur Stell,
So sollst du der trefflichste Ritter mir sein
Und sollst sie als Ehgemahl heut noch umarmen,
Die jetzt für dich bittet mit zartem Erbarmen.«

Da ergreift's ihm die Seele mit Himmelsgewalt,
Und es blitzt aus den Augen ihm kühn,
Und er siehet erröten die schöne Gestalt
Und sieht sie erbleichen und sinken hin –
Da treibt's ihn, den köstlichen Preis zu erwerben,
Und stürzt hinunter auf Leben und Sterben.

Wohl hört man die Brandung, wohl kehrt sie zurück,
Sie verkündigt der donnernde Schall;
Da bückt sich's hinunter mit liebendem Blick –
Es kommen, es kommen die Wasser all,
Sie rauschen herauf, sie rauschen nieder,
Den Jüngling bringt keines wieder.

Clemens Brentano

Lore Lay

Zu Bacharach am Rheine
Wohnt' eine Zauberin;
Sie war so schön und feine
Und riß viel Herzen hin.

Und brachte viel' zu Schanden
Der Männer ringsumher;
Aus ihren Liebesbanden
War keine Rettung mehr.

Der Bischof ließ sie laden
Vor geistliche Gewalt –
Und mußte sie begnaden,
So schön war ihr' Gestalt.

Er sprach zu ihr gerühret:
»Du arme Lore Lay!
Wer hat dich denn verführet
Zu böser Zauberei?« –

»Herr Bischof, laßt mich sterben,
Ich bin des Lebens müd,
Weil jeder muß verderben,
Der meine Augen sieht.

Die Augen sind zwei Flammen,
Mein Arm ein Zauberstab –
O, legt mich in die Flammen!
O, brechet mir den Stab!« –

»Ich kann dich nicht verdammen,
Bis du mir erst bekennt,
Warum in diesen Flammen
Mein eigen Herz schon brennt!

Den Stab kann ich nicht brechen,
Du schöne Lore Lay!
Ich müßte dann zerbrechen
Mein eigen Herz entzwei!« –

»Herr Bischof, mit mir Armen
Treibt nicht so bösen Spott,
Und bittet um Erbarmen
Für mich den lieben Gott!

Ich darf nicht länger leben,
Ich liebe keinen mehr –
Den Tod sollt Ihr mir geben,
Drum kam ich zu Euch her!

Mein Schatz hat mich betrogen,
Hat sich von mir gewandt,
Ist fort von hier gezogen,
Fort in ein fremdes Land.

Die Augen sanft und wilde,
Die Wangen rot und weiß,
Die Worte still und milde,
Das ist mein Zauberkreis.

Ich selbst muß drin verderben,
Das Herz tut mir so weh;
Vor Schmerzen möcht ich sterben,
Wenn ich mein Bildnis seh.

Drum laßt mein Recht mich finden,
Mich sterben wie ein Christ!
Denn alles muß verschwinden,
Weil er nicht bei mir ist!«

Drei Ritter läßt er holen:
»Bringt sie ins Kloster hin!
Geh, Lore! – Gott befohlen
Sei dein berückter Sinn!

Du sollst ein Nönnchen werden,
Ein Nönnchen schwarz und weiß,
Bereite dich auf Erden
Zu deines Todes Reis'!«

Zum Kloster sie nun ritten,
Die Ritter alle drei,
Und traurig in der Mitten
Die schöne Lore Lay.

»O Ritter, laßt mich gehen
Auf diesen Felsen groß,
Ich will noch einmal sehen
Nach meines Lieben Schloß.

Ich will noch einmal sehen
Wohl in den tiefen Rhein
Und dann ins Kloster gehen
Und Gottes Jungfrau sein.«

Der Felsen ist so jähe,
So steil ist seine Wand,
Doch klimmt sie in die Höhe,
Bis daß sie oben stand.

Es binden die drei Ritter
Die Rosse unten an
Und klettern immer weiter
Zum Felsen auch hinan.

Die Jungfrau sprach: »Da gehet
Ein Schifflein auf dem Rhein,
Der in dem Schifflein stehet,
Der soll mein Liebster sein!

Mein Herz wird mir so munter,
Er muß mein Liebster sein!« –
Da lehnt sie sich hinunter
Und stürzet in den Rhein.

Die Ritter mußten sterben,
Sie konnten nicht hinab;
Sie mußten all verderben,
Ohn' Priester und ohn' Grab.

Wer hat dies Lied gesungen?
Ein Schiffer auf dem Rhein,
Und immer hat geklungen
Von dem Dreiritterstein:
Lore Lay!
Lore Lay!
Lore Lay!
Als wären es meiner drei!

Ich träumte hinab . . .

Ich träumte hinab in das dunkle Tal
Auf engen Felsenstufen
Und hab' mein Liebchen ohne Zahl
Bald hier, bald da gerufen.
Treulieb, Treulieb ist verloren!

Mein lieber Hirt nun sage mir,
Hast du Treulieb gesehen,
Sie wollte zu den Lämmern hier,
Und dann zum Brunnen gehen,
Treulieb, Treulieb ist verloren!

Treulieb in meinem Schoße saß
Dort oben an den Klippen
Und weil die Wangen ihr so blaß,
So küßt' ich ihre Lippen.
Treulieb, Treulieb ist verloren!

Ich blies die Flöte, ich flocht den Kranz
Ich gieng ihr Blumen zu pflücken,
Ich wollte sie zum Abendtanz,
Als meine Buhle schmücken.
Treulieb, Treulieb ist verloren!

Da hört sie ein schallendes Jägerhorn
Da tät sie die Öhrlein stellen
Und schwang sich hinüber durch Distel und Dorn
Und folgte dem Waldgesellen.
Treulieb, Treulieb ist verloren!

Ich träumte hinab in den dunklen Wald
Auf engen Felsenstufen
Und habe mein Liebchen, daß es schallt
Bald hier, bald da gerufen.
Treulieb, Treulieb ist verloren!

Mein lieber Jäger nun sage mir
Hast du mein Lieb gesehen,
Sie wollte in das Waldrevier
Zu Hirsch und Rehen gehen.
Treulieb, Treulieb ist verloren.

Treulieb lag heut in meinem Arm
Im Schatten kühler Eichen
Wir herzten uns, es ward ihr warm,
Sie gieng ins Bad zu steigen.
Treulieb, Treulieb ist verloren!

Der Mühlbursch hell ein Liedlein pfiff
Da tauchte Treulieb unter,
Und tauchte auf, sprang in sein Schiff,
Ohn' Hemd doch frisch und munter.
Treulieb, Treulieb ist verloren!

Ich träume hin an Mühlbachs Rand
Auf engen Felsenstufen
Und habe in schallender Klippenwand
Mein Liebchen oft gerufen.
Treulieb, Treulieb ist verloren!

Nun lieber Müller nun sage mir
Hast du mein Lieb gesehen
Ich gab ihr Korn sie wollte hier
Bei dir zur Mühle gehen.
Treulieb, Treulieb ist verloren!

Treulieb ist heut auf weichem Pfühl
In meinem Arm entschlafen,
Es klang die Schelle es klappte die Mühl',
Das Auffüllen hab' ich verschlafen.
Treulieb, Treulieb ist verloren!

Und als mich morgens die Reuter geweckt
Die hier vorbei gezogen
Hat sie der Trompeter in Mantel gesteckt
Und mich um sie betrogen.
Treulieb, Treulieb ist verloren!

Ich träumte hin auf der Reuter Zug
In Staub erkannt' ich die Hufen
Und wo das Herz mir lauter schlug
Hab' Treulieb ich gerufen.
Treulieb, Treulieb ist verloren!

Mein lieber Reuter willst du mir
Wo Liebchen ist wohl sagen,
Ich weiß sie hat geholfen dir
Dein Zeltlein aufzuschlagen.
Treulieb, Treulieb ist verloren!

Treulieb bei mir im Zelte lag,
Das Pulfer hat sie gerochen
Die ganze Nacht, doch früh am Tag
Da ist sie aufgebrochen.
Treulieb, Treulieb ist verloren!

Es zog der Bettelstudent vorbei
Und spielte auf der Leier
Sie guckt hinaus, was es wohl sei
Und folgt dem neuen Freier.
Treulieb, Treulieb ist verloren!

Ich träumte, ich folg' der Leier Klang
Hinab viel Felsenstufen
Und habe auf dem bittren Gang,
Mein Liebchen noch oft gerufen.
Treulieb, Treulieb ist verloren!

Mein lieber Schüler sage mir
Hast du Treulieb gesehen
Sie wollt', ich weiß es wohl, bei dir
Zur Singeschule gehen.
Treulieb, Treulieb ist verloren!

Treulieb fraß mit mir auf einmal
Wohl Bettelbrot zwei Pfunde
Den Wein den sie dem Reuter stahl
Trank ich aus ihrem Munde.
Treulieb, Treulieb ist verloren!

Doch als ich an der Schmiede stand
Ums Abendbrot zu singen
Viel größre Freude sie empfand
An kräft'gem Hammerschwingen.
Treulieb, Treulieb ist verloren!

Mein lieber Meister wohlgestalt
Sprach sie zum ruß'gen Mohren
Beschlag mich lieber warm als kalt
Viel Eisen hab' ich verloren.
Treulieb, Treulieb ist verloren!

Ich träumt' zur Schmiede den schwarzen Gang
Hinab so viele Stufen
Und lauter als der Hammer klang
Hab' ich Treulieb gerufen.
Treulieb, Treulieb ist verloren!

Der Meister sprach sie hat der Knecht
Der Knecht, sie hat der Bube
Der Bube wies mich dann zurecht,
Zu Todengräbers Stube.
Treulieb, Treulieb ist verloren!

Ich träumt' hinab ins Totental
Wohl tausend dunkle Stufen
Und hab' mein Lieb wohl tausendmal
Mit bittrer Angst gerufen.
Treulieb, Treulieb ist verloren!

Mein Todengräber nun sage mir
Hast du mein Lieb gesehen
Auf ihrer Mutter Grab allhier
Wollt' sie die Blumen säen.
Treulieb, Treulieb ist verloren!

Treulieb lag bei mir manche Nacht
Und sang mir freche Lieder
Und wenn ich ein Fräulein zu Grab gebracht
Da stahl sie ihr den Mieder.
Treulieb, Treulieb ist verloren!

Sie stiehlt der Braut den Jungfernkranz
Die schwarzen Todenschuhe
Die zieht sie an und gieng zum Tanz,
Und nimmt den Leichen die Ruhe.
Treulieb, Treulieb ist verloren!

Und als sie nach goldnen Ringen sucht
Und in den Sarg tät langen,
Der tote Jude der tief verflucht
Hat zärtlich sie umfangen.
Treulieb, Treulieb ist verloren!

Wo ist des toten Juden Grab,
Wo ruht der böse Bube
Der Totengräber zur Antwort gab
Geh nach der Schindergrube.
Treulieb, Treulieb ist verloren!

Ich träumte zum dunklen Galgen hin
Hinauf viel tausend Stufen
Und hab' mein Lieb mit wildem Sinn
Wie Raben und Geier gerufen.
Treulieb, Treulieb ist verloren!

Nun toder Jude sage mir
Hast du Treulieb gesehen,
Sie wollte ganz allein zu dir
Um dich zu taufen gehen.
Treulieb, Treulieb ist verloren!

Sie lag bei mir zur zwölften Stund,
Und hat mir's nicht gedanket
Es heulte zum Mond des Schinders Hund
Der Gehenkte im Galgen schwanket.
Treulieb, Treulieb ist verloren!

Da läßt sie die edle vertrauliche Gruft
Und stiehlt mir meine Geschmeider
Und steigt herauf zu dem luftigen Schuft,
Auf der dünnen Galgenleiter.
Treulieb, Treulieb ist verloren!

Ich träumte hinauf ins leere Schloß
Wohl auf der Leiter Stufen
Und habe auf jeder Galgenspross'
Nach meinem Lieb gerufen.
Treulieb, Treulieb ist verloren!

Nun sag' mir mein gehenkter Schuft
Hast du Treulieb gesehen.
Sie schöpfte hier wohl frische Luft
Und wollte um sich sehen.
Treulieb, Treulieb ist verloren!

Sie hat mit mir im Mondenschein
Ein Stündchen sich geschaukelt,
Da hob sich Lärm und wildes Schrein
Da kam es heran gegaukelt.
Treulieb, Treulieb ist verloren!

Zuerst der Hexen Troß voran
Auf Gabeln und auf Besen,
Und dann der Meister Urian
Der hat sie sich erlesen.
Treulieb, Treulieb ist verloren!

Er faßt die Jungfer sich aufs Korn
Mit angenehmen Sitten
Sie faßt den Teufel bei dem Horn
Zum Blocksberg sie dann ritten.
Treulieb, Treulieb ist verloren!

Ich träumte hinauf die steile Höh'
Auf engen Felsenstufen,
Und hab' mit Ach und hab' mit Weh
Nach meinem Liebchen gerufen.
Treulieb, Treulieb ist verloren!

Nun lieber Teufel sage mir
Hast du Treulieb gesehen
Sie kam allein herauf zu dir,
Dich kämpfend zu bestehen.
Treulieb, Treulieb ist verloren!

Treulieb sie küßte mich unterm Schwanz,
Ich war ihr wohlgewogen,
Doch hat sie mir beim wilden Tanz
Ein Ohr schier abgelogen.
Treulieb, Treulieb ist verloren!

Geh nimm sie wieder da sitzet sie,
Auf einem Katzendrecke,
Bist du Treulieb ich laut aufschrie,
Als ich das Luder entdecke.
Treulieb, Treulieb ist verloren!

Mein lieb Treulieb, nun sage mir
Hast du Treulieb gesehen
Sie soll nun mir in dir allhier
Wahrhaftiglich bestehen.
Treulieb, Treulieb ist verloren!

Treulieb, Treulieb sie sitzt allhie
Auf mir dem falschen Schwure.
Treulieb ist Dichterphantasie
Und ich bin deine Hure.
Treulieb, Treulieb ist verloren!

Adelbert von Chamisso

Die Sonne bringt es an den Tag

Gemächlich in der Werkstatt saß
Zum Frühstück Meister Nikolas,
Die junge Hausfrau schenkt' ihm ein,
Es war im heitern Sonnenschein. –
Die Sonne bringt es an den Tag.

Die Sonne blinkt von der Schale Rand,
Malt zitternde Kringeln an die Wand,
Und wie den Schein er ins Auge faßt,
So spricht er für sich, indem er erblaßt:
»Du bringst es doch nicht an den Tag.« –

»Wer nicht? was nicht?« die Frau fragt gleich,
»Was stierst du so an? was wirst du so bleich?«
Und er darauf: »Sei still, nur still;
Ich's doch nicht sagen kann noch will.
Die Sonne bringt's nicht an den Tag.«

Die Frau nur dringender forscht und fragt,
Mit Schmeicheln ihn und Hadern plagt,
Mit süßem und mit bitterm Wort,
Sie fragt und plagt ihn fort und fort:
»Was bringt die Sonne nicht an den Tag?« –

»Nein, nimmermehr!« – »Du sagst es mir noch.«
»Ich sag es nicht.« – »Du sagst es mir doch.« –

Da ward zuletzt er müd und schwach
Und gab der Ungestümen nach. –
  Die Sonne bringt es an den Tag.

»Auf der Wanderschaft, 's sind zwanzig Jahr,
Da traf es mich einst gar sonderbar,
Ich hatt nicht Geld, nicht Ranzen, noch Schuh,
War hungrig und durstig und zornig dazu. –
  Die Sonne bringt's nicht an den Tag.

Da kam mir just ein Jud in die Quer,
Ringsher war's still und menschenleer:
›Du hilfst mir, Hund, aus meiner Not;
Den Beutel her, sonst schlag ich dich tot!‹
  Die Sonne bringt's nicht an den Tag.

Und er: ›Vergieße nicht mein Blut,
Acht Pfennige sind mein ganzes Gut!‹
Ich glaubt ihm nicht und fiel ihn an;
Er war ein alter, schwacher Mann. –
  Die Sonne bringt's nicht an den Tag.

So rücklings lag er blutend da;
Sein brechendes Aug in die Sonne sah,
Noch hob er zuckend die Hand empor,
Noch schrie er röchelnd mir ins Ohr:
  ›Die Sonne bringt es an den Tag.‹

Ich macht ihn schnell noch vollends stumm
Und kehrt ihm die Taschen um und um:
Acht Pfenn'ge, das war das ganze Geld.

Ich scharrt ihn ein auf selbigem Feld. –
Die Sonne bringt's nicht an den Tag.

Dann zog ich weit und weiter hinaus,
Kam hier ins Land, bin jetzt zu Haus. –
Du weißt nun meine Heimlichkeit,
So halte den Mund und sei gescheit. –
Die Sonne bringt's nicht an den Tag.

Wann aber sie so flimmernd scheint,
Ich merk es wohl, was sie da meint,
Wie sie sich müht und sich erbost, –
Du, schau nicht hin und sei getrost:
Sie bringt es doch nicht an den Tag.

So hatte die Sonn eine Zunge nun,
Der Frauen Zungen ja nimmer ruhn. –
»Gevatterin, um Jesus Christ!
Laßt Euch nicht merken, was Ihr nun wißt!« –
Nun bringt's die Sonne an den Tag.

Die Raben ziehen krächzend zumal
Nach dem Hochgericht, zu halten ihr Mahl.
Wen flechten sie aufs Rad zur Stund?
Was hat er getan? wie ward es kund?
Die Sonne bracht es an den Tag.

Ludwig Uhland

Graf Eberstein

Zu Speyer im Saale, da hebt sich ein Klingen,
Mit Fackeln und Kerzen ein Tanzen und Springen.
Graf Eberstein
Führet den Reihn
Mit des Kaisers holdseligem Töchterlein.

Und als er sie schwingt nun im luftigen Reigen,
Da flüstert sie leise (sie kann's nicht verschweigen):
»Graf Eberstein,
Hüte dich fein!
Heut nacht wird dein Schlößlein gefährdet sein.«

Ei, denket der Graf, Euer kaiserlich Gnaden,
So habt Ihr mich darum zum Tanze geladen!
Er sucht sein Roß,
Läßt seinen Troß
Und jagt nach seinem gefährdeten Schloß.

Um Ebersteins Feste, da wimmelt's von Streitern,
Sie schleichen im Nebel mit Haken und Leitern.
Graf Eberstein
Grüßet sie fein,
Er wirft sie vom Wall in die Gräben hinein.

Als nun der Herr Kaiser am Morgen gekommen,
Da meint er, es seie die Burg schon genommen,
Doch auf dem Wall
Tanzen mit Schall
Der Graf und seine Gewappneten all:

»Herr Kaiser, beschleicht Ihr ein andermal Schlösser,
Tut's not, Ihr versteht auf's Tanzen Euch besser.
Euer Töchterlein
Tanzet so fein,
Dem soll meine Feste geöffnet sein.«

Im Schlosse des Grafen, da hebt sich ein Klingen,
Mit Fackeln und Kerzen ein Tanzen und Springen.
Graf Eberstein
Führet den Reihn
Mit des Kaisers holdseligem Töchterlein.

Und als er sie schwingt nun im bräutlichen Reigen,
Da flüstert er leise, nicht kann er's verschweigen:
»Schön Jungfräulein,
Hüte dich fein!
Heut nacht wird ein Schlößlein gefährdet sein.«

Des Sängers Fluch

Es stand in alten Zeiten ein Schloß so hoch und hehr,
Weit glänzt' es über die Lande bis an das blaue Meer,
Und rings von duft'gen Gärten ein blütenreicher Kranz,
Drin sprangen frische Brunnen in Regenbogenglanz.

Dort saß ein stolzer König, an Land und Siegen reich,
Er saß auf seinem Throne so finster und so bleich;
Denn was er sinnt, ist Schrecken, und was er blickt, ist Wut,
Und was er spricht, ist Geißel, und was er schreibt, ist Blut.

Einst zog nach diesem Schlosse ein edles Sängerpaar,
Der ein' in goldnen Locken, der andre grau von Haar;
Der Alte mit der Harfe, der saß auf schmuckem Roß,
Es schritt ihm frisch zur Seite der blühende Genoß.

Der Alte sprach zum Jungen: »Nun sei bereit, mein Sohn!
Denk unsrer tiefsten Lieder, stimm an den vollsten Ton!
Nimm alle Kraft zusammen, die Lust und auch den Schmerz!
Es gilt uns heut, zu rühren des Königs steinern Herz.«

Schon stehn die beiden Sänger im hohen Säulensaal,
Und auf dem Throne sitzen der König und sein Gemahl;

Der König furchtbar prächtig, wie blut'ger Nordlichtschein,
Die Königin süß und milde, als blickte Vollmond drein.

Da schlug der Greis die Saiten, er schlug sie wundervoll,
Daß reicher, immer reicher der Klang zum Ohre schwoll,
Dann strömte himmlisch helle des Jünglings Stimme vor,
Des Alten Sang dazwischen, wie dumpfer Geisterchor.

Sie singen von Lenz und Liebe, von sel'ger goldner Zeit,
Von Freiheit, Männerwürde, von Treu und Heiligkeit;
Sie singen von allem Süßen, was Menschenbrust durchbebt,
Sie singen von allem Hohen, was Menschenherz erhebt.

Die Höflingsschar im Kreise verlernet jeden Spott,
Des Königs trotz'ge Krieger, sie beugen sich vor Gott,
Die Königin, zerflossen in Wehmut und in Lust,
Sie wirft den Sängern nieder die Rose von ihrer Brust.

»Ihr habt mein Volk verführet, verlockt ihr nun mein Weib?«
Der König schreit es wütend, er bebt am ganzen Leib,
Er wirft sein Schwert, das blitzend des Jünglings Brust durchdringt,
Draus, statt der goldnen Lieder, ein Blutstrahl hochauf springt.

Und wie vom Sturm zerstoben ist all der Hörer Schwarm,
Der Jüngling hat verröchelt in seines Meisters Arm,
Der schlägt um ihn den Mantel und setzt ihn auf das Roß,
Er bindt ihn aufrecht feste, verläßt mit ihm das Schloß.

Doch vor dem hohen Tore, da hält der Sängergreis,
Da faßt er seine Harfe, sie, aller Harfen Preis,
An einer Marmorsäule, da hat er sie zerschellt,
Dann ruft er, daß es schaurig durch Schloß und Gärten gellt:

»Weh euch, ihr stolzen Hallen! nie töne süßer Klang
Durch eure Räume wieder, nie Saite noch Gesang,
Nein! Seufzer nur und Stöhnen und scheuer Sklavenschritt,
Bis euch zu Schutt und Moder der Rachegeist zertritt!

Weh euch, ihr duft'gen Gärten im holden Maienlicht!
Euch zeig ich dieses Toten entstelltes Angesicht,
Daß ihr darob verdorret, daß jeder Quell versiegt,
Daß ihr in künft'gen Tagen versteint, verödet liegt.

Weh dir, verruchter Mörder! du Fluch des Sängertums!
Umsonst sei all dein Ringen nach Kränzen blut'gen Ruhms,
Dein Name sei vergessen, in ew'ge Nacht getaucht,
Sei, wie ein letztes Röcheln, in leere Luft verhaucht!«

Der Alte hat's gerufen, der Himmel hat's gehört,
Die Mauern liegen nieder, die Hallen sind zerstört,

Noch *eine* hohe Säule zeugt von verschwundner Pracht,
Auch diese, schon geborsten, kann stürzen über Nacht.

Und rings statt duft'ger Gärten, ein ödes Heideland,
Kein Baum verstreuet Schatten, kein Quell durchdringt den Sand.
Des Königs Namen meldet kein Lied, kein Heldenbuch,
Versunken und vergessen! das ist des Sängers Fluch.

Der Wirtin Töchterlein

Es zogen drei Bursche wohl über den Rhein,
Bei einer Frau Wirtin da kehrten sie ein.

»Frau Wirtin, hat sie gut Bier und Wein?
Wo hat sie ihr schönes Töchterlein?«

»Mein Bier und Wein ist frisch und klar,
Mein Töchterlein liegt auf der Totenbahr.«

Und als sie traten zur Kammer hinein,
Da lag sie in einem schwarzen Schrein.

Der erste der schlug den Schleier zurück
Und schaute sie an mit traurigem Blick:

»Ach lebtest du noch, du schöne Maid!
Ich würde dich lieben von dieser Zeit.«

Der zweite deckte den Schleier zu
Und kehrte sich ab und weinte dazu:

»Ach, daß du liegst auf der Totenbahr!
Ich hab' dich geliebet so manches Jahr.«

Der dritte hub ihn wieder sogleich
Und küßt sie an den Mund so bleich:

»Dich liebt' ich immer, dich lieb' ich noch heut
Und werde dich lieben in Ewigkeit.«

Joseph von Eichendorff

Die Hochzeitsnacht

Nachts durch die stille Runde
Rauschte des Rheines Lauf,
Ein Schifflein zog im Grunde,
Ein Ritter stand darauf.

Die Blicke irre schweifen
Von seines Schiffes Rand,
Ein blutigroter Streifen
Sich um das Haupt ihm wand.

Der sprach: »Da oben stehet
Ein Schlößlein überm Rhein,
Die an dem Fenster stehet:
Das ist die Liebste mein.

Sie hat mir Treu versprochen,
Bis ich gekommen sei,
Sie hat die Treu gebrochen,
Und alles ist vorbei.«

Viel Hochzeitleute drehen
Sich oben laut und bunt,
Sie bleibet einsam stehen
Und lauschet in den Grund.

Und wie sie tanzen munter,
Und Schiff und Schiffer schwand,
Stieg sie vom Schloß herunter,
Bis sie im Garten stand.

Die Spielleut musizierten,
Sie sann gar mancherlei,
Die Töne sie so rührten,
Als müßt das Herz entzwei.

Da trat ihr Bräut'gam süße
Zu ihr aus stiller Nacht,
So freundlich er sie grüßte
Daß ihr das Herze lacht.

Er sprach: »Was willst du weinen,
Weil alle fröhlich sein?
Die Stern so helle scheinen,
So lustig geht der Rhein.

Das Kränzlein in den Haaren
Steht dir so wunderfein,
Wir wollen etwas fahren
Hinunter auf dem Rhein.«

Zum Kahn folgt' sie behende,
Setzt' sich ganz vorne hin,
Er setzt' sich an das Ende
Und ließ das Schifflein ziehn.

Sie sprach: »Die Töne kommen
Verworren durch den Wind,
Die Fenster sind verglommen,
Wir fahren so geschwind.

Was sind das für so lange
Gebirge weit und breit?
Mir wird auf einmal bange
In dieser Einsamkeit!

Und fremde Leute stehen
Auf mancher Felsenwand,
Und stehen still und sehen
So schwindlig übern Rand.« –

Der Bräut'gam schien so traurig
Und sprach kein einzig Wort,
Schaut' in die Wellen schaurig
Und rudert' immerfort.

Sie sprach: »Schon seh ich Streifen
So rot im Morgen stehn,
Und Stimmen hör ich schweifen,
Vom Ufer Hähne krähn.

Du siehst so still und wilde,
So bleich wird dein Gesicht,
Mir graut vor deinem Bilde –
Du bist mein Bräut'gam nicht!« –

Da stand er auf – das Sausen
Hielt an in Flut und Wald –
Es rührt mit Lust und Grausen
Das Herz ihr die Gestalt.

Und wie mit steinern'n Armen
Hob er sie auf voll Lust,
Drückt ihren schönen, warmen
Leib an die eis'ge Brust. –

Licht wurden Wald und Höhen,
Der Morgen schien blutrot,
Das Schifflein sah man gehen,
Die schöne Braut drin tot.

Der Kehraus

Es fiedeln die Geigen,
Da tritt in den Reigen
Ein seltsamer Gast,
Kennt keiner den Dürren,
Galant aus dem Schwirren
Die Braut er sich faßt.

Hebt an, sich zu schwenken
In allen Gelenken.

Das Fräulein im Kranz:
»Euch knacken die Beine –«
»Bald rasseln auch deine,
Frisch auf, spielt zum Tanz!«

Die Spröde hinterm Fächer,
Der Zecher vom Becher,
Der Dichter so lind
Muß auch mit zum Tanze,
Daß die Lorbeern vom Kranze
Fliegen im Wind.

So schnurret der Reigen
Zum Saal raus ins Schweigen
Der prächtigen Nacht,
Die Klänge verwehen,
Die Hähne schon krähen,
Da verstieben sie sacht. –

So ging's schon vorzeiten
Und geht es noch heute,
Und hörest du hell
Aufspielen zum Reigen,
Wer weiß, wem sie geigen –
Hüt dich, Gesell!

Das zerbrochene Ringlein

In einem kühlen Grunde
Da geht ein Mühlenrad,
Mein' Liebste ist verschwunden,
Die dort gewohnet hat.

Sie hat mir Treu versprochen,
Gab mir ein'n Ring dabei;
Sie hat die Treu gebrochen,
Mein Ringlein sprang entzwei.

Ich möcht als Spielmann reisen
Weit in die Welt hinaus,
Und singen meine Weisen,
Und gehn von Haus zu Haus.

Ich möcht als Reiter fliegen
Wohl in die blut'ge Schlacht,
Um stille Feuer liegen
Im Feld bei dunkler Nacht.

Hör ich das Mühlrad gehen:
Ich weiß nicht, was ich will –
Ich möcht am liebsten sterben,
Da wär's auf einmal still!

Die zwei Gesellen

Es zogen zwei rüst'ge Gesellen
Zum ersten Mal von Haus,
So jubelnd recht in die hellen,
Klingenden, singenden Wellen
Des vollen Frühlings hinaus.

Die strebten nach hohen Dingen,
Die wollten, trotz Lust und Schmerz,
Was Rechts in der Welt vollbringen,
Und wem sie vorüber gingen,
Dem lachten Sinnen und Herz. –

Der Erste, der fand ein Liebchen,
Die Schwieger kauft' Hof und Haus:
Der wiegte gar bald ein Bübchen,
Und sah aus heimlichem Stübchen
Behaglich ins Feld hinaus.

Dem Zweiten sangen und logen
Die tausend Stimmen im Grund,
Verlockend' Sirenen, und zogen
Ihn in der buhlenden Wogen
Farbig klingenden Schlund.

Und wie er auftaucht vom Schlunde,
Da war er müde und alt,
Sein Schifflein das lag im Grunde,

So still war's rings in die Runde,
Und über die Wasser weht's kalt.

Es singen und klingen die Wellen
Des Frühlings wohl über mir;
Und seh ich so kecke Gesellen,
Die Tränen im Auge mir schwellen, –
Ach Gott, führ uns liebreich zu dir!

FRIEDRICH RÜCKERT

Barbarossa

Der alte Barbarossa
Der Kaiser Friederich,
Im unterirdischen Schlosse
Hält er verzaubert sich.

Er ist niemals gestorben,
Er lebt darin noch jetzt;
Er hat im Schloß verborgen
Zum Schlaf sich hingesetzt.

Er hat hinabgenommen
Des Reiches Herrlichkeit
Und wird einst wiederkommen
Mit ihr, zu seiner Zeit.

Der Stuhl ist elfenbeinern,
Darauf der Kaiser sitzt;
Der Tisch ist marmelsteinern,
Worauf sein Haupt er stützt.

Sein Bart ist nicht von Flachse,
Er ist von Feuersglut,
Ist durch den Tisch gewachsen,
Worauf sein Kinn ausruht.

Er nickt als wie im Traume,
Sein Aug halb offen zwinkt;
Und je nach langem Raume
Er einem Knaben winkt.

Er spricht im Schlaf zum Knaben:
»Geh hin vors Schloß, o Zwerg,
Und sieh, ob noch die Raben
Herfliegen um den Berg.

Und wenn die alten Raben
Noch fliegen immerdar,
So muß ich auch noch schlafen
Verzaubert hundert Jahr.«

Gustav Schwab

Der Reiter und der Bodensee

Der Reiter reitet durchs helle Tal,
Auf Schneefeld schimmert der Sonne Strahl.

Er trabet im Schweiß durch den kalten Schnee,
Er will noch heut an den Bodensee,

Noch heut mit dem Pferd in den sichern Kahn,
Will drüben landen vor Nacht noch an.

Auf schlimmem Weg, über Dorn und Stein,
Er braust auf rüstigem Roß feldein.

Aus den Bergen heraus, ins ebene Land,
Da sieht er den Schnee sich dehnen, wie Sand.

Weit hinter ihm schwinden Dorf und Stadt,
Der Weg wird eben, die Bahn wird glatt.

In weiter Fläche kein Bühl, kein Haus,
Die Bäume gingen, die Felsen aus.

So flieget er hin eine Meil, und zwei,
Er hört in den Lüften der Schneegans Schrei;

Es flattert das Wasserhuhn empor,
Nicht anderen Laut vernimmt sein Ohr,

Keinen Wandersmann sein Auge schaut,
Der ihm den rechten Pfad vertraut.

Fort geht's, wie auf Samt, auf dem weichen Schnee;
Wann rauscht das Wasser? wann glänzt der See?

Da bricht der Abend, der frühe, herein:
Von Lichtern blinket ein ferner Schein.

Es hebt aus dem Nebel sich Baum an Baum,
Und Hügel schließen den weiten Raum.

Er spürt auf dem Boden Stein und Dorn,
Dem Rosse gibt er den scharfen Sporn.

Und Hunde bellen empor am Pferd,
Und es winkt im Dorf ihm der warme Herd.

»Willkommen am Fenster, Mägdelein,
An den See, an den See, wie weit mag's sein?«

Die Maid, sie staunet den Reiter an:
»Der See liegt hinter dir und der Kahn.

Und deckt' ihn die Rinde von Eis nicht zu,
Ich spräch, aus dem Nachen stiegest du.«

Der Fremde schaudert, er atmet schwer:
»Dort hinten die Ebne, die ritt ich her!«

Da recket die Magd die Arm in die Höh:
»Herr Gott! so rittest du über den See!

An den Schlund, an die Tiefe bodenlos,
Hat gepocht des rasenden Hufes Stoß!

Und unter dir zürnten die Wasser nicht?
Nicht krachte hinunter die Rinde dicht?

Und du wardst nicht die Speise der stummen Brut,
Der hungrigen Hecht' in der kalten Flut?«

Sie rufet das Dorf herbei zu der Mär,
Es stellen die Knaben sich um ihn her;

Die Mütter, die Greise, sie sammeln sich:
»Glückseliger Mann, ja, segne du dich!

Herein zum Ofen, zum dampfenden Tisch
Brich mit uns das Brot und iß vom Fisch!«

Der Reiter erstarret auf seinem Pferd,
Er hat nur das erste Wort gehört.

Es stocket sein Herz, es sträubt sich sein Haar,
Dicht hinter ihm grinst noch die grause Gefahr.

Es siehet sein Blick nur den gräßlichen Schlund,
Sein Geist versinkt in den schwarzen Grund.

Im Ohr ihm donnert's wie krachend Eis,
Wie die Well umrieselt ihn kalter Schweiß.

Da seufzt er, da sinkt er vom Roß herab,
Da ward ihm am Ufer ein trocken Grab.

JOSEPH CHRISTIAN VON ZEDLITZ

Die nächtliche Heerschau

Nachts um die zwölfte Stunde
Verläßt der Tambour sein Grab,
Macht mit der Trommel die Runde,
Geht emsig auf und ab.

Mit seinen entfleischten Armen
Rührt er die Schlegel zugleich,
Schlägt manchen guten Wirbel,
Reveille und Zapfenstreich.

Die Trommel klinget seltsam,
Hat gar einen starken Ton;
Die alten toten Soldaten
Erwachen im Grab davon.

Und die im tiefen Norden
Erstarrt in Schnee und Eis,
Und die in Welschland liegen,
Wo ihnen die Erde zu heiß,

Und die der Nilschlamm decket
Und der arabische Sand:
Sie steigen aus ihren Gräbern
Und nehmen s' Gewehr zur Hand.

Und um die zwölfte Stunde
Verläßt der Trompeter sein Grab,
Und schmettert in die Trompete,
Und reitet auf und ab.

Da kommen auf luftigen Pferden
Die toten Reiter herbei,
Die blutigen alten Schwadronen
In Waffen mancherlei.

Es grinsen die weißen Schädel
Wohl unter dem Helm hervor,
Es halten die Knochenhände
Die langen Schwerter empor.

Und um die zwölfte Stunde
Verläßt der Feldherr sein Grab,
Kommt langsam hergeritten,
Umgeben von seinem Stab.

Er trägt ein kleines Hütchen,
Er trägt ein einfach Kleid,
Und einen kleinen Degen
Trägt er an seiner Seit'.

Der Mond mit gelbem Lichte
Erhellt den weiten Plan:
Der Mann im kleinen Hütchen
Sieht sich die Truppen an.

Die Reihen präsentieren
Und schultern das Gewehr,
Dann zieht mit klingendem Spiele
Vorüber das ganze Heer.

Die Marschäll' und Generale
Schließen um ihn einen Kreis:
Der Feldherr sagt dem Nächsten
Ins Ohr ein Wörtchen leis.

Das Wort geht in die Runde,
Klingt wieder fern und nah!
»Frankreich« ist die Parole,
Die Losung: »Sankt Helena!«

Dies ist die große Parade
Im elysäischen Feld,
Die um die zwölfte Stunde
Der tote Cäsar hält.

Wilhelm Tell

»Sprich, Vater, warum wir die dunkle Nacht
Im Walde, tief in den Tannen durchwacht?«
»Mein Kind, wer sich rüstet zu guter Jagd,
Muß zu Holze ziehn, bevor es tagt.«

»Dort, Vater, ein Reh aus dem Busche bricht!
Du siehst es, und Du erlegst es nicht?«
»Ein Reh ist eine geringe Beut';
Wohl edler Wild erjag' ich heut'!«

»Dort stürzt aus dem Dickicht der Hirsch in Hast; –
Nun, Vater, frisch Deinen Pfeil gefaßt!«
»Laß ziehen den Hirsch, ihm geschieht kein Leid;
Wohl edler Wild erjag' ich heut'!«

»Mein Vater, ob unserem Haupte, schwer,
Zieht drohend ein Gewitter her! –
Mir wird so bang' – laß heim uns gehn!«
»Mein Sohn, lern' im Gewitter stehn!«

»Sieh dort, her jagend auf stolzem Roß,
Den Landvogt reiten, noch fern sein Troß.«
»Still, Knab'! so Gott Dir helfen mag! –
Landvogt, dies war Dein letzter Tag! –«

»Um Gott, mein Vater, was hast Du getan?
Du hast erschlagen den vornehmen Mann!«
»Wer ein Mann ist, verteidigt sein gutes Recht,
Der Feige nur ist der Tyrannen Knecht!«

KARL IMMERMANN

Der Student von Prag

Was klingt daher für Tosen? Welch lärmend Festgelag?
Des Vaters Gut verprasset der wilde Student von Prag.
Er sitzt und singet Lieder, davor dem Menschen graust,
die Dirne auf dem Schoße, den Becher in der Faust.

Der alte Diener schleichet herzu und flüstert scheu:
»Wollt Ihr nicht enden, Junker? 's ist Zwölfe meiner Treu!«
»Schweig still, du alter Rabe, und laß dein heis'res Schrei'n!
So lang der Wein hier helle, will ich noch lustig sein.«

Auf hebt er seinen Becher; ein großer Wurm liegt drin:
»Gott gibt ein Zeichen, Junker; o wendet Euren Sinn!«
»Schweig still, du alter Rabe, und krächze andern was!
So lang die Dirne küsset, hab' ich noch guten Spaß!«

Er will die Dirne küssen, die auf vom Schoß ihm fährt,
sie schreit, greift nach dem Herzen, und sinket tot zur Erd'.
Der alte Diener stürzet vor ihm auf beide Knie':
»Gott gibt ein Zeichen, Junker! o sieh das Zeichen, sieh!«

»Zur Hölle, du Unglücksvogel! Für all mein rotes Gold
kauf ich mir Wein die Fülle, ist jede Maid mir hold!

So lang' der alte Tor noch, mein Vater, lebt und gibt,
ich schwör's beim Höllenpfuhle, wird auch gezecht, geliebt.«

Der Diener trägt entsetzet die Leiche aus der Stub',
aufs Lager wirft erschöpfet sich hin der wilde Bub;
die Kerze flackert trübe in Streifen blauen Scheins;
die Eulen heulen draußen, die Glocke schlägt halb eins.

Da rauschet auf die Türe, da weht ein Grabeshauch,
ein Schatten weht zum Lager, gleich einem bleichen Rauch,
er blickt mit Jammermienen auf den verlornen Sohn;
der Student knirscht frech im Traume, er lacht mit wüstem Hohn.

Der Schatten hebet warnend empor die Geisterhand;
rasch greift der Student im Traume nach dem Tuche an der Wand;
er schlägt mit seinem Tuche nach seines Vaters Bild,
da zittert und zerrinnet der Schemen irr und wild.

Der Student fährt aus dem Schlafe mit verstörtem Angesicht;
ins Fenster blickt der Morgen mit aschenfahlem Licht;
der Diener bringet weinend einen Brief mit schwarzem Rand;
dem Studenten sträubt die Locke, er hat die Schrift gekannt.
»Dich grüßt die Mutter, welche zur Witwe du gemacht;
dein Vater ist gestorben in dieser letzten Nacht.

Dein Vater hat zu Tode um dich gegrämet sich,
und hat nicht sterben können aus Not und Sorg um dich.

Er lag im Todeskampfe still einmal eine Weil',
ich hofft', er sei gegangen zu seinem ew'gen Heil.
Da schrie er auf: Der Bube schlägt mich mit seinem Tuch!
Und gab dir im Verscheiden, mein Sohn, des Vaters Fluch!«

Der Student von Prag läßt fallen den Brief und wanket fort;
er setzet stumm sich nieder an einen düstern Ort,
und schneidet mit der Schere ab seiner Haare Schopf,
und nimmt in beide Hände den kahlgeschornen Kopf. –

Was klingt denn nun für Singen aus des Studenten Haus?
Es sind acht Leichenträger, es ist ein Leichenschmaus;
sie singen vom Gesangbuch und trinken dazu Wein, der
Student trinkt nicht mit ihnen und stimmt ins Lied nicht ein.

ANNETTE VON DROSTE-HÜLSHOFF

Der Fundator

Im Westen schwimmt ein falber Strich,
Der Abendstern entzündet sich
Grad überm Sankt Georg am Tore;
Schwer haucht der Dunst vom nahen Moore.
Schlaftrunkne Schwäne kreisen sacht
Ums Eiland, wo die graue Wacht
Sich hebt aus Wasserbins' und Rohre.

Auf ihrem Dach die Fledermaus,
Sie schaukelt sich, sie breitet aus
Den Rippenschirm des Schwingenfloßes,
Und, mit dem Schwirren des Geschosses,
Entlang den Teich, hinauf, hinab,
Dann klammert sie am Fensterstab
Und blinzt in das Gemach des Schlosses.

Ein weit Gelaß, im Sammetstaat,
Wo einst der mächtige Prälat
Des Hauses Chronik hat geschrieben.
Frisch ist der Baldachin geblieben,
Der güldne Tisch, an dem er saß,
Und seine Seelenmesse las
Man heut in der Kapelle drüben.

Heut sind es grade hundert Jahr,
Seit er gelegen auf der Bahr
Mit seinem Kreuz und Silberstabe.
Die ew'ge Lamp an seinem Grabe
Hat heute hundert Jahr gebrannt.
In seinem Sessel an der Wand
Sitzt heut ein schlichter alter Knabe.

Des Hauses Diener, Sigismund,
Harrt hier der Herrschaft, Stund auf Stund;
Schon kam die Nacht mit ihren Flören,
Oft glaubt die Kutsche er zu hören,
Ihr Quitschern in des Weges Kies.
Er richtet sich – doch nein – es blies
Der Abendwind nur durch die Föhren.

'_s_ ist eine Dämmernacht, genau
Gemacht für Alp und weiße Frau.
Dem Junkerlein ward es zu lange,
Dort schläft es hinterm Damasthange.
Die Chronik hält der Alte noch
Und blättert fort im Finstern, doch
Im Ohre summt es gleich Gesange:

»So hab ich dieses Schloß erbaut,
Ihm mein Erworbnes anvertraut
Zu des Geschlechtes Nutz und Walten;
Ein neuer Stamm sprießt aus dem alten,
Gott segne ihn! Gott mach ihn groß!« –
Der Alte horcht, das Buch vom Schoß
Schiebt sacht er in der Lade Spalten.

Nein – durch das Fenster ein und aus
Zog schrillend nur die Fledermaus;
Nun schießt sie fort. – Der Alte lehnet
Am Simse. Wie der Teich sich dehnet
Ums Eiland, wo der Warte Rund
Sich tief schattiert im matten Grund.
Das Röhricht knirrt, die Unke stöhnet.

Dort, denkt der Greis, dort hat gewacht
Der alte Kirchenfürst, wenn Nacht
Sich auf den Weiher hat ergossen.
Dort hat den Reiher er geschossen
Und zugeschaut des Schlosses Bau,
Sein weiß Habit, sein Auge grau
Lugt' drüben an den Fenstersprossen.

Wie scheint der Mond so kümmerlich!
– Er birgt wohl hinterm Tanne sich –
Schaut nicht der Turm wie 'ne Laterne,
Verhauchend, dunstig, aus der Ferne!
Wie steigt der blaue Duft im Rohr
Und rollt sich am Gesims empor!
Wie seltsam blinken heut die Sterne!

Doch ha! – er blinzt, er spannt das Aug,
Denn dicht und dichter schwillt der Rauch,
Als ob ein Docht sich langsam fache,
Entzündet sich im Turmgemache
Wie Mondenschein ein graues Licht,
Und dennoch – dennoch – las er nicht,
Nicht Neumond heut im Almanache?

Was ist das? – deutlich, nur getrübt
Vom Dunst, der hin und wider schiebt,
Ein Tisch, ein Licht in Turmes Mitten,
Und nun – nun kömmt es hergeschritten,
Ganz wie ein Schatten an der Wand,
Es hebt den Arm, es regt die Hand –
Nun ist es an den Tisch geglitten.

Und nieder sitzt es, langsam, steif –
Was in der Hand? – ein weißer Streif! –
Nun zieht es etwas aus der Scheiden
Und fingert mit den Händen beiden,
Ein Ding – ein Stäbchen ungefähr –
Dran fährt es langsam hin und her,
Es scheint die Feder anzuschneiden.

Der Diener blinzt und blinzt hinaus:
Der Schemen schwankt und bleichet aus,
Noch sieht er es die Feder tunken,
Da drüber gleitet es wie Funken,
Und in demselbigen Moment
Ist alles in das Element
Der spurlos finstern Nacht versunken.

Noch immer steht der Sigismund,
Noch starrt er nach der Warte Rund,
Ihn dünkt, des Weihers Flächen rauschen,
Weit beugt er übern Sims, zu lauschen;
Ein Ruder! – nein, die Schwäne ziehn!
Grad hört er längs dem Ufergrün
Sie sacht ihr tiefes Schnarchen tauschen.

Er schließt das Fenster. – »Licht, o Licht!«
Doch mag das Junkerlein er nicht
So plötzlich aus dem Schlafe fassen,
Noch minder es im Saale lassen.
Sacht schiebt er sich dem Sessel ein,
Zieht sein korallnes Nösterlein –
Was klingelt drüben an den Tassen? –

Nein – eine Fliege schnurrt im Glas!
Dem Alten wird die Stirne naß;
Die Möbel stehn wie Totenmale,
Es regt und rüttelt sich im Saale,
Allmählich weicht die Tür zurück,
Und in demselben Augenblick
Schlägt an die Dogge im Portale.

Der Alte drückt sich dicht zuhauf,
Er lauscht mit Doppelsinnen auf –
Ja! am Parkett ein leises Streichen,
Wie Wiesel nach der Stiege schleichen –
Und immer härter, Tapp an Tapp,
Wie mit Sandalen, auf und ab,
Es kömmt – es naht – er hört es keuchen –

Sein Sessel knackt! – ihm schwimmt das Hirn –
Ein Odem, dicht an seiner Stirn!
Da fährt er auf und wild zurücke,
Errafft das Kind mit blindem Glücke
Und stürzt den Korridor entlang.
O Gott sei Dank! ein Licht im Gang,
Die Kutsche rasselt auf die Brücke!

Der Knabe im Moor

O, schaurig ist's, übers Moor zu gehn,
Wenn es wimmelt vom Heiderauche,
Sich wie Phantome die Dünste drehn
Und die Ranke häkelt am Strauche,
Unter jedem Tritte ein Quellchen springt,
Wenn aus der Spalte es zischt und singt –
O, schaurig ist's, übers Moor zu gehn,
Wenn das Röhricht knistert im Hauche!

Fest hält die Fibel das zitternde Kind
Und rennt, als ob man es jage;
Hohl über die Fläche sauset der Wind –
Was raschelt drüben am Hage?
Das ist der gespenstische Gräberknecht,
Der dem Meister die besten Torfe verzecht;
Hu, hu, es bricht wie ein irres Rind!
Hinducket das Knäblein zage.

Vom Ufer starret Gestumpf hervor,
Unheimlich nicket die Föhre;
Der Knabe rennt, gespannt das Ohr,
Durch Riesenhalme wie Speere;
Und wie es rieselt und knittert darin!
Das ist die unselige Spinnerin,
Das ist die gebannte Spinnlenor,
Die den Haspel dreht im Geröhre!

Voran, voran, nur immer im Lauf,
Voran, als woll es ihn holen!
Vor seinem Fuße brodelt es auf,
Es pfeift ihm unter den Sohlen
Wie eine gespenstige Melodei;
Das ist der Geigenmann ungetreu,
Das ist der diebische Fiedler Knauf,
Der den Hochzeitheller gestohlen!

Da birst das Moor, ein Seufzer geht
Hervor aus der klaffenden Höhle;
Weh, weh, da ruft die verdammte Margret:
»Ho, ho, meine arme Seele!«
Der Knabe springt wie ein wundes Reh;
Wär nicht Schutzengel in seiner Näh,
Seine bleichenden Knöchelchen fände spät
Ein Gräber im Moorgeschwele.

Da mählich gründet der Boden sich,
Und drüben, neben der Weide,
Die Lampe flimmert so heimatlich,
Der Knabe steht an der Scheide.
Tief atmet er auf, zum Moor zurück
Noch immer wirft er den scheuen Blick:
Ja, im Geröhre war's fürchterlich,
O, schaurig war's in der Heide!

Heinrich Heine

Belsazar

Die Mitternacht zog näher schon;
In stiller Ruh' lag Babylon.

Nur oben in des Königs Schloß,
Da flackert's, da lärmt des Königs Troß.

Dort oben in dem Königssaal
Belsazar hielt sein Königsmahl.

Die Knechte saßen in schimmernden Reihn
Und leerten die Becher mit funkelndem Wein.

Es klirrten die Becher, es jauchzten die Knecht';
So klang es dem störrigen Könige recht.

Des Königs Wangen leuchten Glut;
Im Wein erwuchs ihm kecker Mut.

Und blindlings reißt der Mut ihn fort;
Und er lästert die Gottheit mit sündigem Wort.

Und er brüstet sich frech und lästert wild;
Die Knechtenschar ihm Beifall brüllt.

Der König rief mit stolzem Blick;
Der Diener eilt und kehrt zurück.

Er trug viel gülden Gerät auf dem Haupt;
Das war aus dem Tempel Jehovahs geraubt.

Und der König ergriff mit frevler Hand
Einen heiligen Becher, gefüllt bis am Rand.

Und er leert ihn hastig bis auf den Grund,
Und rufet laut mit schäumendem Mund:

»Jehovah! dir künd' ich auf ewig Hohn –
Ich bin der König von Babylon!«

Doch kaum das grause Wort verklang,
Dem König ward's heimlich im Busen bang.

Das gellende Lachen verstummte zumal;
Es wurde leichenstill im Saal.

Und sieh! und sieh! An weißer Wand,
Da kam's hervor wie Menschenhand;

Und schrieb, und schrieb an weißer Wand
Buchstaben von Feuer, und schrieb und schwand.

Der König stieren Blicks dasaß,
Mit schlotternden Knien und totenblaß.

Die Knechtenschar saß kalt durchgraut,
Und saß gar still, gab keinen Laut.

Die Magier kamen, doch keiner verstand
Zu deuten die Flammenschrift an der Wand.

Belsazar ward aber in selbiger Nacht
Von seinen Knechten umgebracht.

Ein Weib

Sie hatten sich beide so herzlich lieb,
Spitzbübin war sie, er war ein Dieb.
Wenn er Schelmenstreiche machte,
Sie warf sich aufs Bett und lachte.

Der Tag verging in Freud' und Lust,
Des Nachts lag sie an seiner Brust.
Als man ins Gefängnis ihn brachte,
Sie stand am Fenster und lachte.

Er ließ ihr sagen: »O komm zu mir,
Ich sehne mich so sehr nach dir,
Ich rufe nach dir, ich schmachte.«
Sie schüttelt' das Haupt und lachte.

Um sechse des Morgens ward er gehenkt,
Um sieben ward er ins Grab gesenkt;
Sie aber schon um achte
Trank roten Wein und lachte.

Ritter Olaf

I

Vor dem Dome stehn zwei Männer,
Tragen beide rote Röcke,
Und der Eine ist der König
Und der Henker ist der Andre.

Und zum Henker spricht der König:
»Am Gesang der Pfaffen merk ich,
Daß vollendet schon die Trauung –
Halt bereit dein gutes Richtbeil.«

Glockenklang und Orgelrauschen,
Und das Volk strömt aus der Kirche;
Bunter Festzug, in der Mitte
Die geschmückten Neuvermählten.

Leichenblaß und bang und traurig
Schaut die schöne Königstochter;
Keck und heiter schaut Herr Olaf;
Und sein roter Mund, der lächelt.

Und mit lächelnd rotem Munde
Spricht er zu dem finstern König:
»Guten Morgen, Schwiegervater,
Heut ist Dir mein Haupt verfallen.

Sterben soll ich heut – O, laß mich
Nur bis Mitternacht noch leben,

Daß ich meine Hochzeit feire
Mit Bankett und Fackeltänzen.

Laß mich leben, laß mich leben,
Bis geleert der letzte Becher,
Bis der letzte Tanz getanzt ist –
Laß bis Mitternacht mich leben!«

Und zum Henker spricht der König:
»Unserm Eidam sei gefristet
Bis um Mitternacht sein Leben –
Halt bereit dein gutes Richtbeil.«

2

Herr Olaf sitzt beim Hochzeitschmaus,
Er trinkt den letzten Becher aus.
An seine Schulter lehnt
Sein Weib und stöhnt –
Der Henker steht vor der Türe.

Der Reigen beginnt, und Herr Olaf erfaßt
Sein junges Weib, und mit wilder Hast
Sie tanzen, bei Fackelglanz,
Den letzten Tanz –
Der Henker steht vor der Türe.

Die Geigen geben so lustigen Klang,
Die Flöten seufzen so traurig und bang!
Wer die beiden tanzen sieht,

Dem erbebt das Gemüt –
Der Henker steht vor der Türe.

Und wie sie tanzen, im dröhnenden Saal,
Herr Olaf flüstert zu seinem Gemahl:
»Du weißt nicht, wie lieb ich dich hab –
So kalt ist das Grab –«
Der Henker steht vor der Türe.

3

Herr Olaf, es ist Mitternacht,
Dein Leben ist verflossen!
Du hattest eines Fürstenkinds
In freier Lust genossen.

Die Mönche murmeln das Totengebet,
Der Mann im roten Rocke,
Er steht mit seinem blanken Beil
Schon vor dem schwarzen Blocke.

Herr Olaf steigt in den Hof hinab,
Da blinken viel Schwerter und Lichter.
Es lächelt des Ritters roter Mund,
Mit lächelndem Munde spricht er:

»Ich segne die Sonne, ich segne den Mond,
Und die Stern, die am Himmel schweifen.
Ich segne auch die Vögelein,
Die in den Lüften pfeifen.

Ich segne das Meer, ich segne das Land
Und die Blumen auf der Aue.
Ich segne die Veilchen, sie sind so sanft
Wie die Augen meiner Fraue.

Ihr Veilchenaugen meiner Frau,
Durch Euch verlier ich mein Leben!
Ich segne auch den Holunderbaum,
Wo du dich mir ergeben.«

Begegnung

Wohl unter der Linde erklingt die Musik,
Da tanzen die Burschen und Mädel,
Da tanzen zwei, die niemand kennt,
Sie schaun so schlank und edel.

Sie schweben auf, sie schweben ab,
In seltsam fremder Weise,
Sie lachen sich an, sie schütteln das Haupt,
Das Fräulein flüstert leise:

»Mein schöner Junker, auf Eurem Hut
Schwankt eine Neckenlilie,
Die wächst nur tief in Meeresgrund –
Ihr stammt nicht aus Adams Familie.

Ihr seid der Wassermann, Ihr wollt
Verlocken des Dorfes Schönen.
Ich hab Euch erkannt, beim ersten Blick,
An Euren fischgrätigen Zähnen.«

Sie schweben auf, sie schweben ab,
In seltsam fremder Weise,
Sie lachen sich an, sie schütteln das Haupt,
Der Junker flüstert leise:

»Mein schönes Fräulein, sagt mir, warum
So eiskalt Eure Hand ist?
Sagt mir, warum so naß der Saum
An Eurem weißen Gewand ist?

Ich hab Euch erkannt, beim ersten Blick,
An Eurem spöttischen Knixe –
Du bist kein irdisches Menschenkind,
Du bist mein Mühmchen, die Nixe.«

Die Geigen verstummen, der Tanz ist aus,
Es trennen sich höflich die beiden.
Sie kennen sich leider viel zu gut,
Suchen sich jetzt zu vermeiden.

Lorelei

Ich weiß nicht, was soll es bedeuten,
Daß ich so traurig bin;
Ein Märchen aus alten Zeiten,
Das kommt mir nicht aus dem Sinn.

Die Luft ist kühl, und es dunkelt,
Und ruhig fließet der Rhein;
Der Gipfel des Berges funkelt
Im Abendsonnenschein.

Die schöne Jungfrau sitzet
Dort oben wunderbar,
Ihr goldnes Geschmeide blitzet,
Sie kämmt ihr goldenes Haar;

Sie kämmt es mit goldenem Kamme
Und singt ein Lied dabei,
Das hat eine wundersame
Gewaltige Melodei.

Den Schiffer im kleinen Schiffe
Ergreift es mit wildem Weh;
Er schaut nicht die Felsenriffe,
Er schaut nur hinauf in die Höh'.

Ich glaube, die Wellen verschlingen
Am Ende Schiffer und Kahn;

Und das hat mit ihrem Singen
Die Lorelei getan.

Schelm von Bergen

Im Schloß zu Düsseldorf am Rhein
Wird Mummenschanz gehalten;
Da flimmern die Kerzen, da rauscht die Musik,
Da tanzen die bunten Gestalten.

Da tanzt die schöne Herzogin,
Sie lacht laut auf beständig;
Ihr Tänzer ist ein schlanker Fant,
Gar höfisch und behendig.

Er trägt eine Maske von schwarzem Samt,
Daraus gar freudig blicket
Ein Auge wie ein blanker Dolch,
Halb aus der Scheide gezücket.

Es jubelt die Fastnachtsgeckenschar,
Wenn jene vorüberwalzen.
Der Drickes und die Marizzebill
Grüßen mit Schnarren und Schnalzen.

Und die Trompeten schmettern drein,
Der närrische Brummbaß brummet,

Bis endlich der Tanz ein Ende nimmt
Und die Musik verstummet.

»Durchlauchtigste Frau, gebt Urlaub mir,
Ich muß nach Hause gehen –«
Die Herzogin lacht: »Ich laß dich nicht fort,
Bevor ich dein Antlitz gesehen.«

»Durchlauchtigste Frau, gebt Urlaub mir,
Mein Anblick bringt Schrecken und Grauen –«
Die Herzogin lacht: »Ich fürchte mich nicht,
Ich will dein Antlitz schauen.«

»Durchlauchtigste Frau, gebt Urlaub mir,
Der Nacht und dem Tode gehör ich –«
Die Herzogin lacht: »Ich lasse dich nicht,
Dein Antlitz zu schauen begehr ich.«

Wohl sträubt sich der Mann mit finsterm Wort,
Das Weib nicht zähmen kunnt er;
Sie riß zuletzt ihm mit Gewalt
Die Maske vom Antlitz herunter.

»Das ist der Scharfrichter von Bergen!« so schreit
Entsetzt die Menge im Saale
Und weichet scheusam – die Herzogin
Stürzt fort zu ihrem Gemahle.

Der Herzog ist klug, er tilgte die Schmach
Der Gattin auf der Stelle.

Er zog sein blankes Schwert und sprach:
»Knie vor mir nieder, Geselle!

Mit diesem Schwertschlag mach ich dich
Jetzt ehrlich und ritterzünftig,
Und weil du ein Schelm, so nenne dich
Herr Schelm von Bergen künftig.«

So ward der Henker ein Edelmann
Und Ahnherr der Schelme von Bergen,
Ein stolzes Geschlecht! es blühte am Rhein,
Jetzt schläft es in steinernen Särgen.

Die Grenadiere

Nach Frankreich zogen zwei Grenadier,
Die waren in Rußland gefangen.
Und als sie kamen ins deutsche Quartier,
Sie ließen die Köpfe hangen.

Da hörten sie beide die traurige Mär:
Daß Frankreich verloren gegangen,
Besiegt und zerschlagen das große Heer –
Und der Kaiser, der Kaiser gefangen.

Da weinten zusammen die Grenadier
Wohl ob der kläglichen Kunde.
Der eine sprach: Wie weh wird mir,
Wie brennt meine alte Wunde!

Der andre sprach: Das Lied ist aus,
Auch ich möcht mit dir sterben,
Doch hab ich Weib und Kind zu Haus,
Die ohne mich verderben.

Was schert mich Weib, was schert mich Kind,
Ich trage weit beßres Verlangen;
Laß sie betteln gehn, wenn sie hungrig sind –
Mein Kaiser, mein Kaiser gefangen!

Gewähr mir, Bruder, eine Bitt:
Wenn ich jetzt sterben werde,
So nimm meine Leiche nach Frankreich mit,
Begrab mich in Frankreichs Erde.

Das Ehrenkreuz am roten Band
Sollst du aufs Herz mir legen;
Die Flinte gib mir in die Hand,
Und gürt mir um den Degen.

So will ich liegen und horchen still,
Wie eine Schildwach, im Grabe,
Bis einst ich höre Kanonengebrüll
Und wiehernder Rosse Getrabe.

Dann reitet mein Kaiser wohl über mein Grab,
Viel Schwerter klirren und blitzen;
Dann steig ich gewaffnet hervor aus dem Grab –
Den Kaiser, den Kaiser zu schützen.

Himmelfahrt

Der Leib lag auf der Todtenbahr,
Jedoch die arme Seele war,
Entrissen irdischem Getümmel,
Schon auf dem Wege nach dem Himmel.

Dort klopft' sie an die hohe Pforte,
Und seufzte tief und sprach die Worte:
»Sankt Peter, komm und schließe auf!
Ich bin so müde vom Lebenslauf –
Ausruhen möcht ich auf seidnen Pfühlen
Im Himmelreich, ich möchte spielen
Mit lieben Englein Blindekuh
Und endlich genießen Glück und Ruh!«

Man hört Pantoffelgeschlappe jetzund,
Auch klirrt es wie ein Schlüsselbund,
Und aus einem Gitterfenster am Tor
Sankt Peters Antlitz schaut hervor.

Er spricht: »Es kommen die Vagabunde,
Zigeuner, Polacken und Lumpenhunde,
Die Tagediebe, die Hottentotten –
Sie kommen einzeln und in Rotten
Und wollen in den Himmel hinein
Und Engel werden und selig sein.
Holla! Holla! Für Galgengesichter
Von eurer Art, für solches Gelichter
Sind nicht erbaut die himmlischen Hallen –
Ihr seid dem leidigen Satan verfallen.
Fort, fort von hier! und trollt euch schnelle
Zum schwarzen Pfuhle der ewigen Hölle!« –

So brummt der Alte, doch kann er nicht
Im Polterton verharren, er spricht
Gutmütig am Ende die tröstenden Worte:
»Du arme Seele, zu jener Sorte
Halunken scheinst du nicht zu gehören –
Nu! Nu! ich will deinen Wunsch gewähren,
Weil heute mein Geburtstag just
Und mich erweicht barmherzige Lust –
Nenn mir daher die Stadt und das Reich,
Woher du bist; sag mir zugleich,
Ob du vermählt warst? – Ehliches Dulden
Sühnt oft des Menschen ärgste Schulden;
Ein Ehmann braucht nicht in der Hölle zu schmoren,
Ihn läßt man nicht warten vor Himmelstoren.«

Die Seele antwortet: »Ich bin aus Preußen,
Die Vaterstadt ist Berlin geheißen.
Dort rieselt die Spree, und in ihr Bette

Pflegen zu wässern die jungen Kadette;
Sie fließt gemütlich über, wenn's regent –
Berlin ist auch eine schöne Gegend!
Dort bin ich Privatdozent gewesen,
Und hab über Philosophie gelesen –
Mit einem Stiftsfräulein war ich vermählt,
Doch hat sie oft entsetzlich krakeelt,
Besonders wenn im Haus kein Brot –
Drauf bin ich gestorben und bin jetzt tot.«

Sankt Peter rief: »O weh! o weh!
Die Philosophie ist ein schlechtes Metier.
Wahrhaftig, ich begreife nie,
Warum man treibt Philosophie.
Sie ist langweilig und bringt nichts ein,
Und gottlos ist sie obendrein;
Da lebt man nur in Hunger und Zweifel,
Und endlich wird man geholt vom Teufel.
Gejammert hat wohl deine Xantuppe
Oft über die magre Wassersuppe,
Woraus niemals ein Auge von Fett
Sie tröstend angelächelt hätt –
Nun, sei getrost du arme Seele!
Ich habe zwar die strengsten Befehle,
Jedweden, der sich je im Leben
Mit Philosophie hat abgegeben,
Zumalen mit der gottlos deutschen,
Ich soll ihn schimpflich von hinnen peitschen –
Doch mein Geburtstag, wie gesagt,
Ist eben heut, und fortgejagt
Sollst du nicht werden, ich schließe dir auf

Das Himmelstor, und jetzo lauf
Geschwind herein –

Jetzt bist du geborgen!
Den ganzen Tag, vom frühen Morgen
Bis abends spät, kannst du spazieren
Im Himmel herum, und träumend flanieren
Auf edelsteingepflasterten Gassen.
Doch wisse, hier darfst du dich nie befassen
Mit Philosophie; du würdest mich
Kompromittieren fürchterlich –
Hörst du die Engel singen, so schneide
Ein schiefes Gesicht verklärter Freude –
Hat aber gar ein Erzengel gesungen,
Sei gänzlich von Begeistrung durchdrungen,
Und sag ihm, daß die Malibran
Niemals besessen solchen Sopran –
Auch applaudiere immer die Stimm
Der Cherubim und der Seraphim,
Vergleiche sie mit Signor Rubini,
Mit Mario und Tamburini –
Gib ihnen den Titel von Exzellenzen
und knickre nicht mit Reverenzen.
Die Sänger, im Himmel wie auf Erden,
Sie wollen alle geschmeichelt werden –
Der Weltkapellenmeister hier oben,
Er selbst sogar hört gerne loben
Gleichfalls seine Werke, er hört es gern,
Wenn man lobsinget Gott dem Herrn,
Und seinem Preis und Ruhm ein Psalm
Erklingt im dicksten Weihrauchqualm.

Vergiß mich nicht. Wenn dir die Pracht
Des Himmels einmal Langweile macht,
So komm zu mir; dann spielen wir Karten.
Ich kenne Spiele von allen Arten,
Vom Lanzknecht bis zum König Pharo.
Wir trinken auch – Doch, apropos!
Begegnet dir von ungefähr
Der liebe Gott, und fragt dich, woher
Du seiest, so sage nicht: aus Berlin,
Sag lieber: aus München, oder aus Wien.«

Der Tambourmajor

Das ist der alte Tambourmajor.
Wie ist er jetzt herunter!
Zur Kaiserzeit stand er in Flor,
Da war er glücklich und munter.

Er balancierte den großen Stock
Mit lachendem Gesichte;
Die silbernen Tressen auf seinem Rock,
Die glänzten im Sonnenlichte.

Wenn er mit Trommelwirbelschall
Einzog in Städten und Städtchen,
Da schlug das Herz im Widerhall
Den Weibern und den Mädchen.

Er kam und sah und siegte leicht
Wohl über alle Schönen;
Sein schwarzer Schnurrbart wurde feucht
Von deutschen Frauentränen.

Wir mußten es dulden! In jedem Land,
Wo die fremden Eroberer kamen,
Der Kaiser die Herren überwand,
Der Tambourmajor die Damen.

Wir haben lange getragen das Leid,
Geduldig wie deutsche Eichen,
Bis endlich die hohe Obrigkeit
Uns gab das Befreiungszeichen.

Wie in der Kampfbahn der Auerochs
Erhuben wir unsere Hörner,
Entledigten uns des fränkischen Jochs
Und sangen die Lieder von Körner.

Entsetzliche Verse! Sie klangen ins Ohr
Gar schauderhaft den Tyrannen!
Der Kaiser und der Tambourmajor,
Sie flohen erschrocken von dannen.

Sie ernteten beide den Sündenlohn
Und nahmen ein schlechtes Ende.
Es fiel der Kaiser Napoleon
Den Briten in die Hände.

Wohl auf der Insel Sankt Helena,
Sie marterten ihn gar schändlich;
Am Magenkrebse starb er da
Nach langen Leiden endlich.

Der Tambourmajor, er ward entsetzt
Gleichfalls von seiner Stelle.
Um nicht zu verhungern, dient er jetzt
Als Hausknecht in unserm Hotelle.

Er heizt den Ofen, er fegt den Topf,
Muß Holz und Wasser schleppen.
Mit seinem wackelnd greisen Kopf
Keucht er herauf die Treppen.

Wenn mich der Fritz besucht, so kann
Er nicht den Spaß sich versagen,
Den drollig schlotternd langen Mann
Zu nergeln und zu plagen.

Laß ab mit Spöttelei'n, o Fritz!
Es ziemt Germanias Söhnen
Wohl nimmermehr, mit schlechtem Witz
Gefallene Größe zu höhnen.

Du solltest mit Pietät, mich deucht,
Behandeln solche Leute;
Der Alte ist dein Vater vielleicht
Von mütterlicher Seite.

Der Dichter Firdusi

I

Goldne Menschen, Silbermenschen!
Spricht ein Lump von einem Thoman,
Ist die Rede nur von Silber,
Ist gemeint ein Silberthoman.

Doch im Munde eines Fürsten,
Eines Schaches, ist ein Thoman
Gülden stets; ein Schach empfängt
Und er gibt nur goldne Thoman.

Also denken brave Leute,
Also dachte auch Firdusi,
Der Verfasser des berühmten
Und vergötterten ›Schach Nameh‹.

Dieses große Heldenlied
Schrieb er auf Geheiß des Schaches,
Der für jeden seiner Verse
Einen Thoman ihm versprochen.

Siebzehnmal die Rose blühte,
Siebzehnmal ist sie verwelket,
Und die Nachtigall besang sie
Und verstummte siebzehnmal –

Unterdessen saß der Dichter
An dem Webstuhl des Gedankens,
Tag und Nacht, und webte emsig
Seines Liedes Riesenteppich –

Riesenteppich, wo der Dichter
Wunderbar hineingewebt
Seiner Heimat Fabelchronik,
Farsistans uralte Kön'ge,

Lieblingshelden seines Volkes,
Rittertaten, Aventüren,
Zauberwesen und Dämonen,
Keck umrankt von Märchenblumen –

Alles blühend und lebendig,
Farbenglänzend, glühend, brennend,
Und wie himmlisch angestrahlt
Von dem heil'gen Lichte Irans,

Von dem göttlich reinen Urlicht,
Dessen letzter Feuertempel,
Trotz dem Koran und dem Mufti,
In des Dichters Herzen flammte.

Als vollendet war das Lied,
Überschickte seinem Gönner
Der Poet das Manuskript,
Zweimalhunderttausend Verse.

In der Badestube war es,
In der Badestub zu Gasna,
Wo des Schaches schwarze Boten
Den Firdusi angetroffen –

Jeder schleppte einen Geldsack,
Den er zu des Dichters Füßen
Kniend legte, als den hohen
Ehrensold für seine Dichtung.

Der Poet riß auf die Säcke
Hastig, um am lang entbehrten
Goldesanblick sich zu laben –
Da gewahrt' er mit Bestürzung,

Daß der Inhalt dieser Säcke
Bleiches Silber, Silberthomans,
Zweimalhunderttausend etwa –
Und der Dichter lachte bitter.

Bitter lachend hat er jene
Summe abgeteilt in drei
Gleiche Teile, und jedwedem
Von den beiden schwarzen Boten

Schenkte er als Botenlohn
Solch ein Drittel, und das dritte
Gab er einem Badeknechte,
Der sein Bad besorgt, als Trinkgeld.

Seinen Wanderstab ergriff er
Jetzo und verließ die Hauptstadt;
Vor dem Tor hat er den Staub
Abgefegt von seinen Schuhen.

II

»Hätt er menschlich ordinär
Nicht gehalten, was versprochen,
Hätt er nur sein Wort gebrochen,
Zürnen wollt ich nimmermehr.

Aber unverzeihlich ist,
Daß er mich getäuscht so schnöde
Durch den Doppelsinn der Rede
Und des Schweigens größre List.

Stattlich war er, würdevoll
Von Gestalt und von Gebärden,
Wen'ge glichen ihm auf Erden,
War ein König jeder Zoll.

Wie die Sonn am Himmelsbogen,
Feuerblicks, sah er mich an,
Er, der Wahrheit stolzer Mann –
Und er hat mich doch belogen.

III

Schach Mahomet hat gut gespeist,
Und gut gelaunet ist sein Geist.

Im dämmernden Garten, auf purpurnem Pfühl,
Am Springbrunn sitzt er. Das plätschert so kühl!

Die Diener stehen mit Ehrfurchtsmienen;
Sein Liebling Ansari ist unter ihnen.

Aus Marmorvasen quillt hervor
Ein üppig brennender Blumenflor.

Gleich Odalisken anmutiglich
Die schlanken Palmen fächern sich.

Es stehen regungslos die Zypressen,
Wie himmelträumend, wie weltvergessen.

Doch plötzlich erklingt bei Lautenklang
Ein sanft geheimnisvoller Gesang.

Der Schach fährt auf, als wie behext –
Von wem ist dieses Liedes Text?

Ansari, an welchen die Frage gerichtet,
Gab Antwort: Das hat Firdusi gedichtet.

Firdusi? – rief der Fürst betreten –
Wo ist er? Wie geht es dem großen Poeten?

Ansari gab Antwort: In Dürftigkeit
Und Elend lebt er seit langer Zeit

Zu Thus, des Dichters Vaterstadt,
Wo er ein kleines Gärtchen hat.

Schach Mahomet schwieg, eine gute Weile,
Dann sprach er: Ansari, mein Auftrag hat Eile –

Geh nach meinen Ställen und erwähle
Dort hundert Maultiere und fünfzig Kamele.

Die sollst du belasten mit allen Schätzen,
Die eines Menschen Herz ergötzen,

Mit Herrlichkeiten und Raritäten,
Kostbaren Kleidern und Hausgeräten

Von Sandelholz, von Elfenbein,
Mit güldnen und silbernen Schnurrpfeiferein,

Kannen und Kelchen, zierlich gehenkelt,
Lepardenfellen, groß gesprenkelt,

Mit Teppichen, Schals und reichen Brokaten,
Die fabriziert in meinen Staaten –

Vergiß nicht, auch hinzuzupacken
Glänzende Waffen und Schabracken,

Nicht minder Getränke jeder Art
Und Speisen, die man in Töpfen bewahrt,

Auch Konfitüren und Mandeltorten,
Und Pfefferkuchen von allen Sorten.

Füge hinzu ein Dutzend Gäule,
Arabischer Zucht, geschwind wie Pfeile,

Und schwarze Sklaven, gleichfalls ein Dutzend,
Leiber von Erz, strapazentrutzend.

Ansari, mit diesen schönen Sachen
Sollst du dich gleich auf die Reise machen.

Du sollst sie bringen nebst meinem Gruß
Dem großen Dichter Firdusi zu Thus.

Ansari erfüllte des Herrschers Befehle,
Belud die Mäuler und Kamele

Mit Ehrengeschenken, die wohl den Zins
Gekostet von einer ganzen Provinz.

Nach dreien Tagen verließ er schon
Die Residenz, und in eigner Person,

Mit einer roten Führerfahne,
Ritt er voran der Karawane.

Am achten Tage erreichten sie Thus;
Die Stadt liegt an des Berges Fuß.

Wohl durch das Westtor zog herein
Die Karawane mit Lärmen und Schrein.

Die Trommel scholl, das Kuhhorn klang,
Und lautaufjubelt Triumphgesang.

La Illa Il Allah! aus voller Kehle
Jauchzten die Treiber der Kamele.

Doch durch das Osttor, am andern End
Von Thus, zog in demselben Moment

Zur Stadt hinaus der Leichenzug,
Der den toten Firdusi zu Grabe trug.

AUGUST KOPISCH

Die Heinzelmännchen

Wie war zu Köln es doch vordem
Mit Heinzelmännchen so bequem!
Denn war man faul... man legte sich
Hin auf die Bank und pflegte sich:
Da kamen bei Nacht
Ehe man's gedacht,
Die Männlein und schwärmten
Und klappten und lärmten
Und rupften
Und zupften
Und hüpften und trabten
Und putzten und schabten...
Und eh ein Faulpelz noch erwacht,...
War all sein Tagewerk... bereits gemacht!

Die Zimmerleute streckten sich
Hin auf die Spän und reckten sich;
Indessen kam die Geisterschar
Und sah, was da zu zimmern war:
Nahm Meißel und Beil
Und die Säg in Eil;
Sie sägten und stachen
Und hieben und brachen,
Berappten
Und kappten,

Visierten wie Falken
Und setzten die Balken...
Eh sich's der Zimmermann versah,...
Klapp, stand das ganze Haus... schon fertig da!

Beim Bäckermeister war nicht Not,
Die Heinzelmännchen backten Brot.
Die faulen Burschen legten sich,
Die Heinzelmännchen regten sich –
Und ächzten daher
Mit den Säcken schwer!
Und kneteten tüchtig
Und wogen es richtig
Und hoben
Und schoben
Und fegten und backten
Und klopften und hackten.
Die Burschen schnarchten noch im Chor:
Da rückte schon das Brot,... das neue, vor!

Beim Fleischer ging es just so zu:
Gesell und Bursche lag in Ruh.
Indessen kamen die Männlein her
Und hackten die Schwein die Kreuz und Quer.
Das ging so geschwind
Wie die Mühl im Wind!
Die klappten mit Beilen,
Die schnitzten an Speilen,
Die spülten,
Die wühlten

Und mengten und mischten
Und stopften und wischten.
Tat der Gesell die Augen auf:
Wapp, hing die Wurst da schon im Ausverkauf!

Beim Schenken war es so: es trank
Der Küfer, bis er niedersank;
Am hohlen Fasse schlief er ein,
Die Männlein sorgten um den Wein
Und schwefelten fein
Alle Fässer ein.
Und rollten und hoben
Mit Winden und Kloben
Und schwenkten
Und senkten
Und gossen und panschten
Und mengten und manschten.
Und eh der Küfner noch erwacht:
War schon der Wein geschönt und fein gemacht!

Einst hatt' ein Schneider große Pein:
Der Staatsrock sollte fertig sein;
Warf hin das Zeug und legte sich
Hin auf das Ohr und pflegte sich.
Da schlüpften sie frisch
In den Schneidertisch
Und schnitten und rückten
Und nähten und stickten
Und faßten
Und paßten

Und strichen und guckten
Und zupften und ruckten,
Und eh mein Schneiderlein erwacht:
War Bürgermeisters Rock... bereits gemacht!

Neugierig war des Schneiders Weib
Und macht sich diesen Zeitvertreib:
Streut Erbsen hin die andre Nacht,
Die Heinzelmännchen kommen sacht;
Eins fähret nun aus,
Schlägt hin im Haus,
Die gleiten von Stufen
Und plumpen in Kufen,
Die fallen
Mit Schallen,
Die lärmen und schreien
Und vermaledeien!
Sie springt hinunter auf den Schall
Mit Licht: husch, husch, husch, husch! –
verschwinden all!

O weh! nun sind sie alle fort,
Und keines ist mehr hier am Ort!
Man kann nicht mehr wie sonsten ruhn,
Man muß nun alles selber tun!
Ein jeder muß fein
Selbst fleißig sein
Und kratzen und schaben
Und rennen und traben
Und schniegeln
Und biegeln

Und klopfen und hacken
Und kochen und backen.
Ach, daß es noch wie damals wär!
Doch kommt die schöne Zeit nicht wieder her!

Nikolaus Lenau

Der Postillion

Lieblich war die Maiennacht,
Silberwölklein flogen,
Ob der holden Frühlingspracht
Freudig hingezogen.

Schlummernd lagen Wies und Hain,
Jeder Pfad verlassen;
Niemand als der Mondenschein
Wachte auf der Straßen.

Leise nur das Lüftchen sprach,
Und es zog gelinder
Durch das stille Schlafgemach
All der Frühlingskinder.

Heimlich nur das Bächlein schlich,
Denn der Blüten Träume
Dufteten gar wonniglich
Durch die stillen Räume.

Rauher war mein Postillion,
Ließ die Geißel knallen,
Über Berg und Tal davon
Frisch sein Horn erschallen.

Und von flinken Rossen vier
Scholl der Hufe Schlagen,
Die durchs blühende Revier
Trabten mit Behagen.

Wald und Flur im schnellen Zug
Kaum gegrüßt – gemieden;
Und vorbei, wie Traumesflug,
Schwand der Dörfer Frieden.

Mitten in dem Maienglück
Lag ein Kirchhof innen,
Der den raschen Wanderblick
Hielt zu ernstem Sinnen.

Hingelehnt am Bergesrand
War die bleiche Mauer,
Und das Kreuzbild Gottes stand
Hoch, in stummer Trauer.

Schwager ritt auf seiner Bahn
Stiller jetzt und trüber;
Und die Rosse hielt er an,
Sah zum Kreuz hinüber:

»Halten muß hier Roß und Rad!
Mag's Euch nicht gefährden:
Drüben liegt mein Kamerad
In der kühlen Erden.

Ein gar herzlieber Gesell!
Herr, 's ist ewig schade!
Keiner blies das Horn so hell
Wie mein Kamerade.

Hier ich immer halten muß,
Dem dort unterm Rasen
Zum getreuen Brudergruß
Sein Leiblied zu blasen!«

Und dem Kirchhof sandt er zu
Frohe Wandersänge,
Daß es in die Grabesruh
Seinem Bruder dränge.

Und des Hornes heller Ton
Klang vom Berge wider,
Ob der tote Postillion
Stimmt' in seine Lieder. –

Weiter ging's durch Feld und Hag
Mit verhängtem Zügel;
Lang mir noch im Ohre lag
Jener Klang vom Hügel.

Die Drei

Drei Reiter nach verlorner Schlacht,
Wie reiten sie so sacht, so sacht!

Aus tiefen Wunden quillt das Blut,
Es spürt das Roß die warme Flut.

Vom Sattel tropft das Blut, vom Zaum,
Und spült hinunter Staub und Schaum.

Die Rosse schreiten sanft und weich,
Sonst flöß das Blut zu rasch, zu reich.

Die Reiter reiten dicht gesellt,
Und einer sich am andern hält.

Sie sehn sich traurig ins Gesicht,
Und einer um den andern spricht:

»Mir blüht daheim die schönste Maid,
Drum tut mein früher Tod mir leid.« –

»Hab Haus und Hof und grünen Wald,
Und sterben muß ich hier so bald!« –

»Den Blick hab ich in Gottes Welt,
Sonst nichts, doch schwer mir's Sterben fällt.«

Und lauernd auf den Todesritt
Ziehn durch die Luft drei Geier mit.

Sie teilen kreischend unter sich:
»Den speisest du, den du, den ich.«

EDUARD MÖRIKE

Der Feuerreiter

Sehet ihr am Fensterlein
Dort die rote Mütze wieder?
Nicht geheuer muß es sein,
Denn er geht schon auf und nieder.
Und auf einmal, welch Gewühle
Bei der Brücke, nach dem Feld!
Horch! das Feuerglöcklein gellt:
    Hinterm Berg,
    Hinterm Berg
    Brennt es in der Mühle!

Schaut! da sprengt er wütend schier
Durch das Tor, der Feuerreiter,
Auf dem rippendürren Tier,
Als auf einer Feuerleiter!
Querfeldein! Durch Qualm und Schwüle
Rennt er schon und ist am Ort!
Drüben schallt es fort und fort:
    Hinterm Berg,
    Hinterm Berg
    Brennt es in der Mühle!

Der so oft den roten Hahn
Meilenweit von fern gerochen,
Mit des heil'gen Kreuzes Span

Freventlich die Glut besprochen –
Weh! dir grinst vom Dachgestühle
Dort der Feind im Höllenschein.
Gnade Gott der Seele dein!
  Hinterm Berg,
  Hinterm Berg
  Rast er in der Mühle!

Keine Stunde hielt es an,
Bis die Mühle borst in Trümmer;
Doch den kecken Reitersmann
Sah man von der Stunde nimmer.
Volk und Wagen im Gewühle
Kehren heim von all dem Graus;
Auch das Glöcklein klinget aus:
  Hinterm Berg,
  Hinterm Berg
  Brennt's! –

Nach der Zeit ein Müller fand
Ein Gerippe samt der Mützen
Aufrecht an der Kellerwand
Auf der beinern Mähre sitzen:
Feuerreiter, wie so kühle
Reitest du in deinem Grab!
Husch! da fällt's in Asche ab.
  Ruhe wohl,
  Ruhe wohl
  Drunten in der Mühle!

Zwei Liebchen

Ein Schifflein auf der Donau schwamm,
Drin saßen Braut und Bräutigam,
Er hüben und sie drüben.

Sie sprach: »Herzliebster, sage mir!
Zum Angebind, was geb ich dir?«

Sie streift zurück ihr Ärmelein,
Sie greift ins Wasser frisch hinein.

Der Knabe, der tät gleich also
Und scherzt mit ihr und lacht so froh.

»Ach, schöne Frau Done, geb sie mir
Für meinen Schatz eine hübsche Zier!«

Sie zog heraus ein schönes Schwert,
Der Knab hätt' lang so eins begehrt.

Der Knab, was hält er in der Hand?
Milchweiß ein köstlich Perlenband.

Er legt's ihr um ihr schwarzes Haar,
Sie sah wie eine Fürstin gar.

»Ach, schöne Frau Done, geb sie mir
Für meinen Schatz eine hübsche Zier!«

Sie langt hinein zum andernmal,
Faßt einen Helm von lichtem Stahl.

Der Knab vor Freud entsetzt sich schier,
Fischt ihr einen goldenen Kamm dafür.

Zum dritten sie ins Wasser griff:
Ach weh! da fällt sie aus dem Schiff.

Er springt ihr nach, er faßt sie keck,
Frau Done reißt sie beide weg:

Frau Done hat ihr Schmuck gereut,
Das büßt der Jüngling und die Maid.

Das Schifflein leer hinunterwallt;
Die Sonne sinkt hinter die Berge bald.

Und als der Mond am Himmel stand,
Die Liebchen schwimmen tot ans Land,
Er hüben und sie drüben.

Ferdinand Freiligrath

Prinz Eugen, der edle Ritter

Zelte, Posten, Werda-Rufer!
Lust'ge Nacht am Donauufer!
Pferde stehn im Kreis umher
Angebunden an den Pflöcken;
An den engen Sattelböcken
Hangen Karabiner schwer.

Um das Feuer auf der Erde,
Vor den Hufen seiner Pferde
Liegt das östreich'sche Pikett.
Auf dem Mantel liegt ein jeder;
Von den Tschakos weht die Feder,
Leutnant würfelt und Kornett.

Neben seinem müden Schecken
Ruht auf einer wollnen Decken
Der Trompeter ganz allein:
»Laßt die Knöchel, laßt die Karten!
Kaiserliche Feldstandarten
Wird ein Reiterlied erfreun!

Vor acht Tagen die Affäre
Hab ich, zu Nutz dem ganzen Heere,
In gehör'gen Reim gebracht;
Selber auch gesetzt die Noten.

Drum, ihr Weißen und ihr Roten!
Merket auf und gebet acht!«

Und er singt die neue Weise
Einmal, zweimal, dreimal leise
Denen Reitersleuten vor;
Und wie er zum letzten Male
Endet, bricht mit einem Male
Los der volle, kräft'ge Chor:

»Prinz Eugen, der edle Ritter!«
Hei, das klang wie Ungewitter
Weit ins Türkenlager hin.
Der Trompeter tät den Schnurrbart streichen,
Und sich auf die Seite schleichen
Zu der Marketenderin.

FRIEDRICH HEBBEL

Das Kind am Brunnen

Frau Amme, Frau Amme, das Kind ist erwacht!
Doch die liegt ruhig im Schlafe.
Die Vöglein zwitschern, die Sonne lacht,
Am Hügel weiden die Schafe.

Frau Amme, Frau Amme, das Kind steht auf,
Es wagt sich weiter und weiter!
Hinab zum Brunnen nimmt es den Lauf,
Da stehen Blumen und Kräuter.

Frau Amme, Frau Amme, der Brunnen ist tief!
Sie schläft, als läge sie drinnen!
Das Kind läuft schnell, wie es nie noch lief,
Die Blumen locken's von hinnen.

Nun steht es am Brunnen, nun ist es am Ziel,
Nun pflückt es die Blumen sich munter;
Doch bald ermüdet das reizende Spiel,
Da schaut's in die Tiefe hinunter.

Und unten erblickt es ein holdes Gesicht
Mit Augen, so hell und so süße.
Es ist sein eignes, das weiß es noch nicht,
Viel stumme, freundliche Grüße!

Das Kindlein winkt, der Schatten geschwind
Winkt aus der Tiefe ihm wieder;
»Herauf! Herauf!« so meint's das Kind,
Der Schatten: »Hernieder! Hernieder!«

Schon beugt es sich über den Brunnenrand,
Frau Amme, du schläfst noch immer?
Da fallen die Blumen ihm aus der Hand
Und trüben den lockenden Schimmer.

Verschwunden ist sie, die süße Gestalt,
Verschluckt von der hüpfenden Welle;
Das Kind durchschauert's fremd und kalt,
Und schnell enteilt es der Stelle.

Der Heideknabe

Der Knabe träumt, man schicke ihn fort
Mit dreißig Talern zum Heideort,
  Er ward drum erschlagen am Wege
  Und war doch nicht langsam und träge.

Noch liegt er im Angstschweiß, da rüttelt ihn
Sein Meister, und heißt ihm, sich anzuziehn,
  Und legt ihm das Geld auf die Decke
  Und fragt ihn, warum er erschrecke.

»Ach Meister, mein Meister, sie schlagen mich tot,
Die Sonne, sie ist ja wie Blut so rot!«
  »Sie ist es für dich nicht alleine,
  Drum schnell, sonst mach ich dir Beine!«

»Ach Meister, mein Meister, so sprachst du schon,
Das war das Gesicht, der Blick, der Ton,
  Gleich greifst du« – zum Stock, will er sagen,
  Er sagt's nicht, er wird schon geschlagen.

»Ach Meister, mein Meister, ich geh, ich geh,
Bring meiner Frau Mutter das letzte Ade!
  Und sucht sie nach allen vier Winden,
  Am Weidenbaum bin ich zu finden!«

Hinaus aus der Stadt! Und da dehnt sie sich,
Die Heide, nebelnd, gespenstiglich,
  Die Winde darüber sausend,
  »Ach, wär hier *ein* Schritt wie tausend!«

Und alles so still, und alles so stumm,
Man sieht sich umsonst nach Lebendigem um,
  Nur hungrige Vögel schießen
  Aus Wolken, um Würmer zu spießen.

Er kommt ans einsame Hirtenhaus,
Der alte Hirt schaut eben heraus,
  Des Knaben Angst ist gestiegen,
  Am Wege bleibt er noch liegen.

»Ach Hirte, du bist ja von frommer Art,
Vier gute Groschen hab ich erspart,
Gib deinen Knecht mir zur Seite,
Daß er bis zum Dorf mich begleite.

Ich will sie ihm geben, er trinke dafür
Am nächsten Sonntag ein gutes Bier,
Dies Geld hier, ich trag es mit Beben,
Man nahm mir im Traum drum das Leben!«

Der Hirt, der winkte dem langen Knecht,
Er schnitt sich eben den Stecken zurecht,
Jetzt trat er hervor – wie graute
Dem Knaben, als er ihn schaute!

»Ach Meister Hirte, ach nein, ach nein,
Es ist doch besser, ich geh allein!«
Der Lange spricht grinsend zum Alten:
»Er will die vier Groschen behalten.«

»Da sind die vier Groschen!« Er wirft sie hin
Und eilt hinweg mit verstörtem Sinn.
Schon kann er die Weide erblicken,
Da klopft ihn der Knecht in den Rücken.

»Du hältst es nicht aus, du gehst zu geschwind,
Ei, eile mit Weile, du bist ja noch Kind,
Auch muß das Geld dich beschweren,
Wer kann dir das Ausruhn verwehren?

Komm, setz dich unter den Weidenbaum
Und dort erzähl mir den häßlichen Traum;
  Mir träumte – Gott soll mich verdammen,
  Trifft's nicht mit deinem zusammen!«

Er faßt den Knaben wohl bei der Hand,
Der leistet auch nimmermehr Widerstand,
  Die Blätter flüstern so schaurig,
  Das Wässerlein rieselt so traurig!

»Nun sprich, du träumtest« – »Es kam ein Mann –«
»War ich das? Sieh mich doch näher an,
  Ich denke, du hast mich gesehen!
  Nun weiter, wie ist es geschehen?«

»Er zog ein Messer! – »War das wie dies?« –
»Ach ja, ach ja!« – »Er zog's?« – »Und stieß –«
  »Er stieß dir's wohl so durch die Kehle?
  Was hilft es auch, daß ich dich quäle!«

Und fragt ihr, wie's weiter gekommen sei?
So fragt zwei Vögel, sie saßen dabei,
  Der Rabe verweilte gar heiter,
  Die Taube konnte nicht weiter!

Der Rabe erzählt, was der Böse noch tat,
Und auch, wie's der Henker gerochen hat;
  Die Taube erzählt, wie der Knabe
  Geweint und gebetet habe.

Emanuel Geibel

Die Goldgräber

Sie waren gezogen über das Meer,
Nach Glück und Gold stand ihr Begehr,
Drei wilde Gesellen, vom Wetter gebräunt,
Und kannten sich wohl und waren sich freund.

Sie hatten gegraben Tag und Nacht
Am Fluß die Grube, im Berge den Schacht;
In Sonnengluten und Regengebraus,
Bei Durst und Hunger hielten sie aus.

Und endlich, endlich, nach Monden voll Schweiß,
Da sahn aus der Tiefe sie winken den Preis,
Da glüht' es sie an durch das Dunkel so hold
Mit Blicken der Schlange, das feurige Gold.

Sie brachen es los aus dem finsteren Raum,
Und als sie's faßten, sie huben es kaum,
Und als sie's wogen, sie jauchzten zugleich:
»Nun sind wir geborgen, nun sind wir reich!«

Sie lachten und kreischten mit jubelndem Schall,
Sie tanzten im Kreis um das blanke Metall;
Und hätte der Stolz nicht bezähmt ihr Gelüst,
Sie hätten's mit brünstiger Lippe geküßt.

Sprach Tom, der Jäger: »Nun laßt uns ruhn!
Zeit ist's, auf das Mühsal uns gütlich zu tun.
Geh, Sam, und hol uns Speisen und Wein!
Ein lustiges Fest muß gefeiert sein!«

Wie trunken schlenderte Sam dahin
Zum Flecken hinab mit verzaubertem Sinn;
Sein Haupt umnebelnd beschlichen ihn sacht
Gedanken, wie er sie nimmer gedacht.

Die andern saßen am Bergeshang,
Sie prüften das Erz, und es blitzt' und es klang.
Sprach Will, der Rote: »Das Gold ist fein;
Nur schade, daß wir es teilen zu Drein!«

»Du meinst?« – »Je nun, ich meine nur so,
Zwei würden des Schatzes besser froh –«
»Doch wenn« – »Wenn was?« – »Nun, nehmen wir an,
Sam wäre nicht da« – »Ja, freilich, dann – –«

Sie schwiegen lang; die Sonne glomm
Und gleißt' um das Gold; da murmelte Tom:
»Siehst du die Schlucht dort unten?« – »Warum?«
»Ihr Schatten ist tief, und die Bäume sind stumm.«

»Versteh ich dich recht?« – »Was fragst du noch viel!
Wir dachten es beide und führen's ans Ziel.
Ein tüchtiger Stoß und ein Grab im Gestein,
So ist es getan, und wir teilen allein!«

Sie schwiegen aufs neu. Es verglühte der Tag,
Wie Blut auf dem Golde das Spätrot lag;
Da kam er zurück, ihr junger Genoß,
Von bleicher Stirne der Schweiß ihm floß.

»Nun her mit dem Korb und dem bauchigen Krug!«
Und sie aßen und tranken mit tiefem Zug.
»Hei lustig, Bruder! Dein Wein ist stark,
Er rollt wie Feuer durch Bein und Mark.

Komm, tu uns Bescheid!« – »Ich trank schon vorher,
Jetzt sind vom Schlafe die Augen mir schwer;
Ich streck ins Geklüft mich.« – »Nun, gute Ruh!
Und nimm den Stoß und den dazu!«

Sie trafen ihn mit den Messern gut.
Er schwankt' und glitt im rauchenden Blut.
Noch einmal hub er sein blaß Gesicht.
»Herr Gott im Himmel, du hältst Gericht!

Wohl um das Gold erschluget ihr mich;
Weh euch! Ihr seid verloren, wie ich.
Auch ich, ich wollte den Schatz allein,
Und mischt euch tödliches Gift in den Wein!«

THEODOR FONTANE

Die Brück am Tay

(28. Dezember 1879)

When shall we three meet again?
Macbeth

Wann treffen wir drei wieder zusamm?«
»Um die siebente Stund, am Brückendamm.«
«Am Mittelpfeiler.«
»Ich lösche die Flamm.«
»Ich mit.«
»Ich komme vom Norden her.«
»Und ich vom Süden.«
»Und ich vom Meer.«
»Hei, das gibt einen Ringelreihn,
Und die Brücke muß in den Grund hinein.«

»Und der Zug, der in die Brücke tritt
Um die siebente Stund?«
»Ei, der muß mit.«
»Muß mit.«
»Tand, Tand
Ist das Gebilde von Menschenhand!«

*

Auf der Norderseite, das Brückenhaus –
Alle Fenster sehen nach Süden aus,

Und die Brücknersleut ohne Rast und Ruh
Und in Bangen sehen nach Süden zu,
Sehen und warten, ob nicht ein Licht
Übers Wasser hin ›Ich komme‹ spricht,
»Ich komme, trotz Nacht und Sturmesflug,
Ich, der Edinburger Zug.‹

Und der Brückner jetzt: »Ich seh einen Schein
Am anderen Ufer. Das muß er sein.
Nun, Mutter, weg mit dem bangen Traum,
Unser Johnie kommt und will seinen Baum,
Und was noch am Baume von Lichtern ist,
Zünd alles an wie zum heiligen Christ,
Der will heuer *zweimal* mit uns sein –
Und in elf Minuten ist er herein.«

*

Und es war der Zug. Am Süderturm
Keucht er vorbei jetzt gegen den Sturm,
Und Johnie spricht: »Die Brücke noch!
Aber was tut es, wir zwingen es doch.
Ein fester Kessel, ein doppelter Dampf,
Die bleiben Sieger in solchem Kampf.
Und wie's auch rast und ringt und rennt,
Wir kriegen es unter, das Element.

Und unser Stolz ist unsre Brück;
Ich lache, denk ich an früher zurück,
An all den Jammer und all die Not
Mit dem elend alten Schifferboot;

Wie manche liebe Christfestnacht
Hab ich im Fährhaus zugebracht,
Und sah unsrer Fenster lichten Schein
Und zählte und konnte nicht drüben sein.«

Auf der Norderseite, das Brückenhaus –
Alle Fenster sehen nach Süden aus,
Und die Brücknersleut ohne Rast und Ruh
Und in Bangen sehen nach Süden zu;
Denn wütender wurde der Winde Spiel,
Und jetzt, als ob Feuer vom Himmel fiel,
Erglüht es in niederschießender Pracht
Überm Wasser unten... Und wieder ist Nacht.

*

»Wann treffen wir drei wieder zusamm?«
»Um Mitternacht, am Bergeskamm.«
»Auf dem hohen Moor, am Erlenstamm.«
»Ich komme.«
»Ich mit.«
»Ich nenn euch die Zahl.«
»Und ich die Namen.«
»Und ich die Qual.«
»Hei!
Wie Splitter brach das Gebälk entzwei!«
»Tand, Tand
Ist das Gebilde von Menschenhand.«

Archibald Douglas

Ich hab es getragen sieben Jahr
Und ich kann es nicht tragen mehr!
Wo immer die Welt am schönsten war,
Da war sie öd und leer.

Ich will hintreten vor sein Gesicht
In dieser Knechtsgestalt,
Er kann meine Bitte versagen nicht,
Ich bin ja worden alt.

Und trüg er noch den alten Groll,
Frisch wie am ersten Tag,
So komme, was da kommen soll,
Und komme, was da mag.«

Graf Douglas sprichts. Am Weg ein Stein
Lud ihn zu harter Ruh;
Er sah in Wald und Feld hinein,
Die Augen fielen ihm zu.

Er trug einen Harnisch rostig und schwer,
Darüber ein Pilgerkleid –
Da horch! vom Waldrand scholl es her
Wie von Hörnern und Jagdgeleit.

Und Kies und Staub aufwirbelte dicht,
Her jagte Meut und Mann,

Und ehe der Graf sich aufgericht't,
Waren Roß und Reiter heran.

König Jakob saß auf hohem Roß,
Graf Douglas grüßte tief;
Dem König das Blut in die Wange schoß,
Der Douglas aber rief:

»König Jakob, schaue mich gnädig an
Und höre mich in Geduld,
Was meine Brüder dir angetan,
Es war nicht meine Schuld.

Denk nicht an den alten Douglas-Neid,
Der trotzig dich bekriegt,
Denk lieber an deine Kinderzeit,
Wo ich dich auf den Knien gewiegt.

Denk lieber zurück an Stirling-Schloß,
Wo ich Spielzeug dir geschnitzt,
Dich gehoben auf deines Vaters Roß
Und Pfeile dir zugespitzt.

Denk lieber zurück an Linlithgow,
An den See und den Vogelherd,
Wo ich dich fischen und jagen froh
Und schwimmen und springen gelehrt.

O denk an alles, was einsten war,
Und sänftige deinen Sinn, –

Ich hab es gebüßet sieben Jahr,
Daß ich ein Douglas bin.«

»Ich seh dich nicht, Graf Archibald,
Ich hör deine Stimme nicht,
Mir ist, als ob ein Rauschen im Wald
Von alten Zeiten spricht.

Mir klingt das Rauschen süß und traut,
Ich lausch ihm immer noch,
Dazwischen aber klingt es laut:
Er ist ein Douglas doch.

Ich seh dich nicht, ich hör dich nicht,
Das ist alles, was ich kann –
Ein Douglas vor meinem Angesicht
Wär ein verlorener Mann.«

König Jakob gab seinem Roß den Sporn,
Bergan ging jetzt sein Ritt,
Graf Douglas faßte den Zügel vorn
Und hielt mit dem Könige Schritt.

Der Weg war steil, und die Sonne stach,
Und sein Panzerhemd war schwer,
Doch ob er schier zusammenbrach,
Er lief doch nebenher.

»König Jakob, ich war dein Seneschall,
Ich will es nicht fürder sein,

Ich will nur warten dein Roß im Stall
Und ihm schütten die Körner ein.

Ich will ihm selber machen die Streu
Und es tränken mit eigner Hand,
Nur laß mich atmen wieder aufs neu
Die Luft im Vaterland!

Und willst du nicht, so hab einen Mut,
Und ich will es danken dir,
Und zieh dein Schwert und triff mich gut
Und laß mich sterben hier.«

König Jakob sprang herab vom Pferd,
Hell leuchtet sein Gesicht,
Aus der Scheide zog er sein breites Schwert,
Aber fallen ließ er es nicht.

»Nimms hin, nimms hin und trag es neu
Und bewache mir meine Ruh!
Der ist in tiefster Seele treu,
Wer die Heimat liebt wie du.

Zu Roß, wir reiten nach Linlithgow!
Und du reitest an meiner Seit,
Da wollen wir fischen und jagen froh
Als wie in alter Zeit.«

John Maynard

John Maynard!
»Wer ist John Maynard?«
»John Maynard war unser Steuermann,
Aus hielt er, bis er das Ufer gewann,
Er hat uns gerettet, er trägt die Kron,
Er starb für uns, unsre Liebe sein Lohn.
John Maynard!«

*

Die »Schwalbe« fliegt über den Eriesee,
Gischt schäumt um den Bug wie Flocken von Schnee;
Von Detroit fliegt sie nach Buffalo –
Die Herzen aber sind frei und froh,
Und die Passagiere mit Kindern und Fraun
Im Dämmerlicht schon das Ufer schaun,
Und plaudernd an John Maynard heran
Tritt alles: »Wie weit noch, Steuermann?«
Der schaut nach vorn und schaut in die Rund:
»Noch dreißig Minuten... Halbe Stund.«

Alle Herzen sind froh, alle Herzen sind frei –
Da klingt's aus dem Schiffsraum her wie Schrei,
»Feuer!« war es, was da klang,
Ein Qualm aus Kajüt und Luke drang,
Ein Qualm, dann Flammen lichterloh,
Und noch zwanzig Minuten bis Buffalo.

Und die Passagiere, buntgemengt,
Am Bugspriet stehn sie zusammengedrängt,
Am Bugspriet vorn ist noch Luft und Licht,
Am Steuer aber lagert sich's dicht,
Und ein Jammern wird laut: »Wo sind wir? wo?«
Und noch fünfzehn Minuten bis Buffalo. –

Der Zugwind wächst, doch die Qualmwolke steht,
Der Kapitän nach dem Steuer späht,
Er sieht nicht mehr seinen Steuermann,
Aber durchs Sprachrohr fragt er an:
»Noch da, John Maynard?« – »Ja, Herr. Ich bin.« –
»Auf den Strand! In die Brandung!« – »Ich halte drauf hin.«
Und das Schiffsvolk jubelt: »Halt aus! Hallo!«
Und noch zehn Minuten bis Buffalo. – –

»Noch da, John Maynard?« Und Antwort schallt's
Mit ersterbender Stimme: »Ja, Herr, ich halt's!«
Und in die Brandung, was Klippe, was Stein,
Jagt er die »Schwalbe« mitten hinein;
Soll Rettung kommen, so kommt sie nur so.
Rettung: Der Strand von Buffalo.

*

Das Schiff geborsten. Das Feuer verschwelt.
Gerettet alle. Nur *einer* fehlt!

*

Alle Glocken gehn; ihre Töne schwelln
Himmelan aus Kirchen und Kapelln,
Ein Klingen und Läuten, sonst schweigt die Stadt,
Ein Dienst nur, den sie heute hat:
Zehntausend folgen oder mehr,
Und kein Aug im Zuge, das tränenleer.

Sie lassen den Sarg in Blumen hinab,
Mit Blumen schließen sie das Grab,
Und mit goldner Schrift in den Marmorstein
Schreibt die Stadt ihren Dankspruch ein:
»Hier ruht John Maynard! In Qualm und Brand
Hielt er das Steuer fest in der Hand,
Er hat uns gerettet, er trägt die Kron,
Er starb für uns, unsre Liebe sein Lohn.
John Maynard.«

Herr von Ribbeck auf Ribbeck im Havelland

Herr von Ribbeck auf Ribbeck im Havelland,
Ein Birnbaum in seinem Garten stand,
Und kam die goldene Herbsteszeit
Und die Birnen leuchteten weit und breit,
Da stopfte, wenn's Mittag vom Turme scholl,
Der von Ribbeck sich beide Taschen voll,

Und kam in Pantinen ein Junge daher,
So rief er: »Junge, wiste 'ne Beer?«
Und kam ein Mädel, so rief er: »Lütt Dirn,
Kumm man röwer, ick hebb 'ne Birn.«

So ging es viel Jahre, bis lobesam
Der von Ribbeck auf Ribbeck zu sterben kam.
Er fühlte sein Ende. 's war Herbsteszeit,
Wieder lachten die Birnen weit und breit;
Da sagte von Ribbeck: »Ich scheide nun ab.
Legt mir eine Birne mit ins Grab.«
Und drei Tage drauf, aus dem Doppeldachhaus,
Trugen von Ribbeck sie hinaus,
Alle Bauern und Büdner mit Feiergesicht
Sangen »Jesus meine Zuversicht«,
Und die Kinder klagten, das Herze schwer:
»He is dod nu. Wer giwt uns nu 'ne Beer?«

So klagten die Kinder. Das war nicht recht –
Ach, sie kannten den alten Ribbeck schlecht;
Der neue freilich, der knausert und spart,
Hält Park und Birnbaum strenge verwahrt.
Aber der alte, vorahnend schon
Und voll Mißtraun gegen den eigenen Sohn,
Der wußte genau, was damals er tat,
Als um eine Birn ins Grab er bat,
Und im dritten Jahr aus dem stillen Haus
Ein Birnbaumsprößling sproßt heraus.

Und die Jahre gehen wohl auf und ab,
Längst wölbt sich ein Birnbaum über dem Grab,

Und in der goldenen Herbsteszeit
Leuchtet's wieder weit und breit.
Und kommt ein Jung übern Kirchhof her,
So flüstert's im Baume: »Wiste 'ne Beer?«
Und kommt ein Mädel, so flüstert's: »Lütt Dirn,
Kumm man röwer, ick gew di 'ne Birn.«

So spendet Segen noch immer die Hand
Des von Ribbeck auf Ribbeck im Havelland.

GOTTFRIED KELLER

Das Köhlerweib ist trunken

Das Köhlerweib ist trunken
Und singt im Wald;
Hört, wie die Stimme gellend
Im Grünen hallt!

Sie war die schönste Blume,
Berühmt im Land;
Es warben Reich' und Arme
Um ihre Hand.

Sie trat in Gürtelketten
So stolz einher;
Den Bräutigam zu wählen
Fiel ihr zu schwer.

Da hat sie überlistet
Der rote Wein –
Wie müssen alle Dinge
Vergänglich sein!

Das Köhlerweib ist trunken
Und singt im Wald;
Wie durch die Dämmrung gellend
Ihr Lied erschallt!

Ehescheidung.
(amerikanisch)

Zum Pfäffel kam ein Pärchen und schrie:
»Geschwind und laßt uns frein!
Wir können keinen einzigen Tag
Mehr ohne einander sein!«

Und aber ein Jährlein kaum verstrich,
Sie liefen herbei und schrien:
»Herr Pfarrer, trennt und scheidet uns,
Laßt keine Stunde fliehn!«

Das Pfäfflein runzelte sich und sprach:
»Macht euch die Scham nicht rot?
Wir haben es alle drei gelobt,
Euch trenne nur der Tod!«

»Rot macht die Scham, doch Reue blaß!
Herr Pfarrer, gebt uns frei!«
Der Mann bot einen Dollar dar,
Die Frau der Dollars zwei.

Da tat das Pfäffel zwischen sie
Ein Kätzlein, heil und ganz;
Der Mann der hielt es bei dem Kopf
Die Frau hielt es am Schwanz.

Mit seinem Küchenmesser schnitt
Der Pfarr' die Katz' entzwei:
»Es trennt, es trennt, es trennt der Tod!«
Da waren sie wieder frei.

Conrad Ferdinand Meyer

Mit zwei Worten

Am Gestade Palästinas, auf und nieder, Tag um Tag,
»London?« frug die Sarazenin, wo ein Schiff vor Anker lag.
»London!« bat sie lang vergebens, nimmer müde, nimmer zag.
Bis zuletzt an Bord sie brachte eines Bootes Ruderschlag.

Sie betrat das Deck des Seglers, und ihr wurde nicht gewehrt.
Meer und Himmel. »London?« frug sie, von der Heimat abgekehrt,
Suchte, blickte, durch des Schiffers ausgestreckte Hand belehrt,
Nach den Küsten, wo die Sonne sich in Abendglut verzehrt...

»Gilbert?« fragt die Sarazenin im Gedräng der großen Stadt,
Und die Menge lacht und spottet, bis sie dann Erbarmen hat.
»Tausend Gilbert gibt's in London!« Doch sie sucht und wird nicht matt.
»Labe dich mit Trank und Speise.« Doch sie wird von Tränen satt.

»Gilbert!« – »Nichts als Gilbert? Weißt du keine andern Worte? Nein?«
»Gilbert!« ... »Hört, das wird der weiland Pilger Gilbert Becket sein –
Den gebräunt in Sklavenketten glüher Wüste Sonnenschein –
Dem die Bande löste heimlich eines Emirs Töchterlein!« –

»Pilgrim Gilbert Becket!« dröhnt es, braust es längs der Themse Strand.
Sieh, – da kommt er ihr entgegen, von des Volkes Mund genannt,
Über seine Schwelle führt er, die das Ziel der Reise fand.
Liebe wandert mit zwei Worten gläubig über Meer und Land.

Joseph Victor von Scheffel

Der Ichthyosaurus

Es rauscht in den Schachtelhalmen,
Verdächtig leuchtet das Meer,
Da schwimmt mit Tränen im Auge
Ein Ichthyosaurus daher.

Ihn jammert der Zeiten Verderbnis,
Denn ein sehr bedenklicher Ton
War neuerlich eingerissen
In der Liasformation.

»Der Plesiosaurus, der Alte,
Er jubelt in Saus und Braus,
Der Pterodaktylus selber
Flog neulich betrunken nach Haus.

Der Iguanodon, der Lümmel,
Wird frecher zu jeglicher Frist,
Schon hat er am hellen Tage
Die Ichthyosaura geküßt.

Mir ahnt eine Weltkatastrophe,
So kann es ja länger nicht gehn;
Was soll aus dem Lias noch werden,
Wenn solche Dinge geschehn?«

So klagte der Ichthyosaurus,
Da ward es ihm kreidig zumut';
Sein letzter Seufzer verhallte
Im Qualmen und Zischen der Flut.

Es starb zu derselbigen Stunde
Die ganze Saurierei,
Sie kamen zu tief in die Kreide,
Da war es natürlich vorbei.

Und der uns hat gesungen
Dies petrefaktische Lied,
Der fand's als fossiles Albumblatt
Auf einem Koprolith.

Nadowessische Totenklage

Da sitz' ich wiederum auf dem Schub,
Ich armer Literate,
Dieweil ich zu viel Liebe trug
Zum Proletariate.

Kaum saß ich jüngst in Frankfurt fest
Und glaubt', ich sei in Trockenem,
So faßt' mich schon die Polizei
Und weist mich aus nach Bockenem.

Denn sie hat mit gar feinem Takt
Das Ding herausgefühlet,
Daß ich gekommunistelt und
Als Anarchist gewühlet.

Drum wem das Glück beschieden ist,
Von Freiheit was zu wissen,
Der teil's in Frankfurt niemand mit,
Sonst wird er 'rausgeschmissen!

WILHELM BUSCH

Der Geist

Es war ein Mägdlein froh und keck,
Stets lacht' ihr Rosenmund,
Ihr schien die Liebe Lebenszweck
Und alles andre Schund.

Sie denkt an nichts als an Pläsier,
Seitdem die Mutter tot,
Sie lacht und liebt, obgleich es ihr
Der Vater oft verbot.

Einst hat sie frech und unbedacht
Den Schatz, der ihr gefällt,
Sich für die Zeit um Mitternacht
Zum Kirchhof hinbestellt.

Und als sie kam zum Stelldichein,
O hört, was sich begab,
Da stand ein Geist im Mondenschein
Auf ihrer Mutter Grab.

Er steht so starr, er steht so stumm,
Er blickt so kummervoll.
Das Mägdlein dreht sich schaudernd um
Und rennt nach Haus wie toll.

Es wird, wer einen Geist gesehn,
Nie mehr des Lebens froh.
Er fühlt, es ist um ihn geschehn.
Dem Mägdlein ging es so.

Sie welkt dahin, sie will und mag
Nicht mehr zu Spiel und Tanz.
Man flocht ihr um Johannistag
Bereits den Totenkranz.

Verwunschen

Held gehört zum Ehestande,
Häßlichkeit ist keine Schande,
Liebe ist beinah absurd.
Drum, du nimmst den Junker Jochen
Innerhalb der nächsten Wochen.
Also sprach der Ritter Kurt.

Vater, flehte Kunigunde,
Schone meine Herzenswunde,
Ganz umsonst ist dein Bemühn.
Ja, ich schwör's bei Erd und Himmel,
Niemals nehm ich diesen Lümmel,
Ewig ewig haß ich ihn.

Nun, wenn Worte nicht mehr nützen,
Dann so bleibe ewig sitzen,
Marsch mit dir ins Burgverlies.
Zornig sagte dies der Alte,
Als er in die feuchte, kalte
Kammer sie hinunterstieß.

Jahre kamen, Jahre schwanden.
Nichts im Schlosse blieb vorhanden
Außer Kunigundens Geist.
Dort, wo graue Ratten rasseln,
Sitzt sie zwischen Kellerasseln,
Von dem Feuermolch umkreist.

Heut noch ist es nicht geheuer
In dem alten Burggemäuer
Um die Mitternacht herum.
Wehe, ruft ein weißes Wesen,
Will denn niemand mich erlösen?
Doch die Wände bleiben stumm.

Seelenwanderung

Der dicke Kämmrer in Ägyptenland
War weit und breit als Grobian bekannt;
Bekannt als größter Tier- und Menschenschinder;
Er schlug sein Weib und seine kleinen Kinder,

Er schlug mit seinem Rohr die alten braven
Kamele und die schwarzen Mohrensklaven;
Und als er sie geschlagen manchen Tag,
Da traf ihn eines Tages selbst der Schlag. –

Er starb. – Da tönt des Schicksals Donnerwort:
»Die Seele wandre durch Kamele fort
Und komme nicht zur Ruh im selgen Land,
Bis sie das größte der Kamele fand!!« –

Im ersten Schrecken fuhr des Kämmrers Seele
In eines seiner eignen Leibkamele;
Die Kinder ritten ihn, die eignen Fraun,
Er ward von eignen Sklaven oft gehaun,
Und endlich unterlag er seinen Leiden. –

Die arme Seele muß von hinnen scheiden;
Sie fuhr entsetzt davon und fuhr und flog
In ein Kamel, das durch die Wüste zog.
Die Sonne brennt, es weht der heiße Smum,
Vor Hitze kommen fast die Leute um.
Da schneidet dem Kamel man auf den Bauch
Und zieht hervor den großen Wasserschlauch;
Die Karawane trinkt, der Durst war groß,
Und wieder ist die Seele obdachlos;
Und wieder muß die arme Seele wandern
Durch ein Kamel hinaus, hinein zum andern,
Und findet nicht das größte der Kamele.
Vergebens wandert die geplagte Seele
In das Kamel, das den Propheten trug;
Auch dies sogar war noch nicht groß genug. –

Da ist sie einst nach manchen tausend Jahren
Zu Turkestan in ein Kamel gefahren,
Das man als größtes, das man jemals fand,
Herüber brachte in den Zollverband.
Man zeigt es in den Buden, in den Gassen,
Es mußte sich geduldig schinden lassen
Und starb zuletzt von allzuvielem Schinden. -
Wo soll die Seele noch ein größres finden? –

Ein Hofrat stand dabei. – Als blauer Rauch
Fuhr ihm die arme Seele in den Bauch;
Da griff er schnell zu Feder und Papiere
Und schrieb ein Buch zum Schutz der lieben Tiere. –

Der Hofrat starb. – – Ersehnte Ruhe fand
Des Kämmrers Seele aus Ägypterland.

Unbeliebtes Wunder

In Tours, zu Martin Bischofs Zeit,
Gab's Krüppel viel und Bettelleut.
Darunter auch ein Ehepaar,
Was glücklich und zufrieden war.
Er, sonst gesund, war blind und stumm;
Sie sehend, aber lahm und krumm
An jedem Glied, bis auf die Zunge
Und eine unverletzte Lunge.

Das paßte schön. Sie reitet ihn
Und, selbstverständlich, leitet ihn
Als ein geduldig Satteltier,
Sie obenauf, er unter ihr,
Ganz einfach mit geringer Müh,
Bloß durch die Worte Hott und Hüh,
Bald so, bald so, vor allen Dingen
Dahin, wo grad die Leute gingen.

Fast jeder, der's noch nicht gesehn,
Bleibt unwillkürlich stille stehn,
Ruft: »Lieber Gott, was ist denn das?«
Greift in den Sack, gibt ihnen was
Und denkt noch lange gern und heiter
An dieses Roß und diesen Reiter.

So hätten denn gewiß die zwei
Durch fortgesetzte Bettelei,
Vereint in solcherlei Gestalt,
Auch ferner ihren Unterhalt,
Ja, ein Vermögen sich erworben,
Wär Bischof Martin nicht gestorben.

Als dieser nun gestorben war,
Legt man ihn auf die Totenbahr
Und tät ihn unter Weheklagen
Fein langsam nach dem Dome tragen
Zu seiner wohlverdienten Ruh.

Und sieh, ein Wunder trug sich zu.
Da, wo der Zug vorüberkam,

Wer irgend blind, wer irgend lahm,
Der fühlte sich sogleich genesen,
Als ob er niemals krank gewesen.

Oh, wie erschrak die lahme Frau!
Von weitem schon sah sie's genau,
Weil sie hoch oben, wie gewohnt,
Auf des Gemahles Rücken thront.

»Lauf«, rief sie, »laufe schnell von hinnen,
Damit wir noch beizeit entrinnen.«
Er läuft, er stößt an einen Stein,
Er fällt und bricht beinah ein Bein.

Die Prozession ist auch schon da.
Sie zieht vorbei. Der Blinde sah,
Die Lahme, ebenfalls kuriert,
Kann gehn, als wie mit Öl geschmiert,
Und beide sind wie neu geboren
Und kratzen sich verdutzt die Ohren.

Jetzt fragt es sich: Was aber nun?
Wer leben will, der muß was tun.
Denn wer kein Geld sein eigen nennt
Und hat zum Betteln kein Talent
Und hält zum Stehlen sich zu fein
Und mag auch nicht im Kloster sein,
Der ist fürwahr nicht zu beneiden.
Das überlegten sich die beiden.

Sie, sehr begabt, wird eine fesche
Gesuchte Plätterin der Wäsche.
Er, mehr beschränkt, nahm eine Axt
Und spaltet Klötze, daß es knackst,
Von morgens früh bis in die Nacht.

Das hat Sankt Martin gut gemacht.

Der Asket

Im Hochgebirg vor seiner Höhle
Saß der Asket;
Nur noch ein Rest von Leib und Seele
Infolge äußerster Diät.

Demütig ihm zu Füßen kniet
Ein Jüngling, der sich längst bemüht,
Des strengen Büßers strenge Lehren
Nachdenklich prüfend anzuhören.

Grad schließt der Klausner den Sermon
Und spricht: Bekehre dich, mein Sohn.
Verlaß das böse Weltgetriebe.
Vor allem unterlaß die Liebe,
Denn grade sie erweckt aufs neue
Das Leben und mit ihm die Reue.

Da schau mich an. Ich bin so leicht,
Fast hab ich schon das Nichts erreicht,
Und bald verschwind ich in das reine
Zeit-, raum- und traumlos Allundeine.

Als so der Meister in Ekstase,
Sticht ihn ein Bienchen in die Nase.

Oh, welch ein Schrei!
Und dann das Mienenspiel dabei.

Der Jüngling stutzt und ruft: Was seh ich?
Wer solchermaßen leidensfähig,
Wer so gefühlvoll und empfindlich,
Der, fürcht ich, lebt noch viel zu gründlich
Und stirbt noch nicht zum letzten Mal.

Mit diesem kühlen Wort empfahl
Der Jüngling sich und stieg hernieder
Ins tiefe Tal und kam nicht wieder.

DETLEV VON LILIENCRON

Hochsommer im Walde

Kein Mittagessen fünf Tage schon,
Die Heimat so weit, kein Geld und kein Lohn;
Statt Arbeit zu finden, nur Hunger und Not,
Nur wandern und betteln, und kaum ein Stück Brot.

Was biegt der Handwerksbursch in den Wald?
Was läuft ihm übers Gesicht so kalt?
Was sieht er trostlos in den Raum?
Was irrt sein Auge von Baum zu Baum?

Die Sonne sinkt; und Stille ringsum;
Die Drossel nur lärmt noch, sonst alles stumm.
Was schaukelt der Erlbaum am Waldesrand?
In seinen Ästen ein Mensch verschwand.

Von seinem ärmlichen Bündel den Strick,
Er legt um den Hals ihn, um Wirbel, Genick,
Dann läßt er sich fallen – nur kurz ist die Qual,
Er sah die Sonne zum letzten Mal.

Der Tau fällt drauf, der Tag erwacht,
Der Pirol flötet, der Tauber lacht.
Es lebt und webt, als wär nichts geschehn;
Gleichgültig wispern die Winde und wehn.

Ein Jäger kommt den Hügel herab
Und sieht den Erhängten und schneidet ihn ab,
Und macht der Behörde die Anzeige schnell;
Gendarmen und Träger sind bald zur Stell.

In hellen Glacés ein Herr vom Gericht,
Der prüft, ob kein Raubmord, wie das seine Pflicht.
Sie tragen den Leichnam ins Siechenhaus,
Und dann, wo kein Kreuz steht, ins Feld hinaus.

Da niemand zuvor den Toten gesehn,
Erhält er die Nummer dreihundert und zehn.
Dreihundert und neun schon liegen im Sand;
Wer hat sie geliebt, wer hat sie gekannt?

Frank Wedekind

Das arme Mädchen

Böt mir einer, was er wollte,
Weil ich arm und elend bin,
Nie, und wenn ich sterben sollte,
Gäb' ich meine Ehre hin!
Schaudernd eilt das Mädchen weiter,
Ohne Obdach, ohne Brot,
Das Entsetzen ihr Begleiter,
Ihre Zuversicht der Tod.

Es klappert in den Laternen
Des Winters eisig Wehn,
Am Himmel ist von den Sternen
Kein einziger zu sehn.

Wie sie nun noch eine Strecke
Weiter irrt, sieht sie von fern
An der nächsten Straßenecke
Einen ernsten, jungen Herrn.
Ihm zu Füßen auf die Steine
Bricht sie ohne einen Laut,
Hält umklammert seine Beine,
Und der Herr verwundert schaut:

Wenn dich die Menschen verlassen,
Komm auf mein Zimmer mit mir;

Jetzt tobt in allen Gassen
Nur wilde Begier.

Und sie folgte seinen Schritten,
Hielt sich schüchtern hinter ihm;
Jener hat es auch gelitten,
Wurde weiter nicht intim.
Angelangt auf seinem Zimmer,
Zündet' er die Lampe an,
Bei des Lichtes mildem Schimmer
Bald sich ein Gespräch entspann:

Es boten mir wohl viele
Ein Obdach für die Nacht,
Doch hatten sie zum Ziele,
Was mich erschaudern macht.

Ferne sei mir das Verlangen,
Sprach der ernste, junge Mann,
Dir zu färben deine Wangen,
Wenn ich's nicht durch Güte kann.
Bat sie, länger nicht zu weinen,
Holte Wurst und kochte Tee,
Und am Morgen zog er einen
Taler aus dem Portemonnaie.

Sie hat ihn bescheiden genommen
Und fand, eh' der Tag vorbei,
Als Plätterin Unterkommen
In einer Wäscherei.

Aber ach, die Tage gingen
Und die Nächte freudlos hin,
Bluteswallungen umfingen
Ihren frommen Kindersinn.
Immer mußt' sie sein gedenken,
Der so freundlich zu ihr war,
Immer mußt' den Kopf sie senken
In der muntern Mädchenschar.

Und eines Abends um neune
Hielt sie's nicht aus,
Lief ganz alleine
Nach seinem Haus.

Er war noch nicht heimgekommen,
Sie verkroch sich unters Bett,
Bis sie seinen Schritt vernommen,
Wo sie gern gejubelt hätt'.
Doch sie hielt sich still da unten,
Bis er sich zu Bett gelegt
Und den süßen Schlaf gefunden,
Dann erst hat sie sich geregt.

Leise wie eine Elfe
Schlupft sie zu ihm hinein:
Daß Gott mir helfe –
Ich bin dein!

Doch da hat er sich erhoben,
Wußte erst nicht, was geschah,
Hat die Kissen vorgeschoben,

Als das Kind er nackend sah:
Nein, jetzt will ich dich nicht haben;
Wohl dir, daß du mir vertraut!
Aber spare deine Gaben,
Denn schon morgen bist du Braut!

Er führte binnen acht Tagen
Sie wirklich zum Altar.
Es läßt sich gar nicht sagen,
Wie glücklich sie war.

Der Tantenmörder

Ich hab' meine Tante geschlachtet,
Meine Tante war alt und schwach;
Ich hatte bei ihr übernachtet
Und grub in den Kisten-Kasten nach.

Da fand ich goldene Haufen,
Fand auch an Papieren gar viel
Und hörte die alte Tante schnaufen
Ohn' Mitleid und Zartgefühl.

Was nutzt es, daß sie sich noch härme?
Nacht war es rings um mich her –
Ich stieß ihr den Dolch in die Därme,
Die Tante schnaufte nicht mehr.

Das Geld war schwer zu tragen,
Viel schwerer die Tante noch.
Ich faßte sie bebend am Kragen
Und stieß sie ins tiefe Kellerloch. –

Ich hab' meine Tante geschlachtet,
Meine Tante war alt und schwach;
Ihr aber, o Richter, ihr trachtet
Meiner blühenden Jugend-Jugend nach.

Christian Morgenstern

Der Zwölf-Elf

Der Zwölf-Elf hebt die linke Hand:
Da schlägt es Mitternacht im Land.

Es lauscht der Teich mit offnem Mund.
Ganz leise heult der Schluchtenhund.

Die Dommel reckt sich auf im Rohr.
Der Moosfrosch lugt aus seinem Moor.

Der Schneck horcht auf in seinem Haus;
Desgleichen die Kartoffelmaus.

Das Irrlicht selbst macht Halt und Rast
Auf einem windgebrochnen Ast.

Sophie, die Maid, hat ein Gesicht:
Das Mondschaf geht zum Hochgericht.

Die Galgenbrüder wehn im Wind.
Im fernen Dorfe schreit ein Kind.

Zwei Maulwürf küssen sich zur Stund
Als Neuvermählte auf den Mund.

Hingegen tief im finstern Wald
Ein Nachtmahr seine Fäuste ballt:

Dieweil ein später Wanderstrumpf
Sich nicht verlief in Teich und Sumpf.

Der Rabe Ralf ruft schaurig: »Kra!
Das End ist da! Das End ist da!«

Der Zwölf-Elf senkt die linke Hand:
Und wieder schläft das ganze Land.

Der Gaul

Es läutet beim Professor Stein.
Die Köchin rupft die Hühner.
Die Minna geht: Wer kann das sein? –
  Ein Gaul steht vor der Türe.

Die Minna wirft die Türe zu.
Die Köchin kommt: Was gibt's denn?
Das Fräulein kommt im Morgenschuh.
  Es kommt die ganze Familie.

»Ich bin, verzeihn Sie,« spricht der Gaul,
»Der Gaul vom Tischler Bartels.
Ich brachte Ihnen dazumaul
  Die Tür- und Fensterrahmen!«

Die vierzehn Leute samt dem Mops,
Sie stehn, als ob sie träumten.
Das kleinste Kind tut einen Hops,
  Die andern stehn wie Bäume.

Der Gaul, da keiner ihn versteht,
Schnalzt bloß mal mit der Zunge,
Dann kehrt er still sich ab und geht
  Die Treppe wieder hinunter.

Die dreizehn schaun auf ihren Herrn,
Ob er nicht sprechen möchte.
»Das war«, spricht der Professor Stein,
  »Ein unerhörtes Erlebnis!« …

Der Werwolf

Ein Werwolf eines Nachts entwich
Von Weib und Kind und sich begab
An eines Dorfschullehrers Grab
Und bat ihn: »Bitte, beuge mich!«

Der Dorfschulmeister stieg hinauf
Auf seines Blechschilds Messingknauf
Und sprach zum Wolf, der seine Pfoten
Geduldig kreuzte vor dem Toten:

»Der Werwolf«, sprach der gute Mann,
»Des Weswolfs, Genitiv sodann,
Dem Wemwolf, Dativ, wie man's nennt,
Den Wenwolf, – damit hat's ein End.«

Dem Werwolf schmeichelten die Fälle,
Er rollte seine Augenbälle.
»Indessen«, bat er, »füge doch
Zur Einzahl auch die Mehrzahl noch!«

Der Dorfschulmeister aber mußte
Gestehn, daß er von ihr nichts wußte.
Zwar Wölfe gäb's in großer Schar,
Doch »Wer« gäb's nur im Singular.

Der Wolf erhob sich tränenblind –
Er hatte ja doch Weib und Kind!!
Doch da er kein Gelehrter eben,
So schied er dankend und ergeben.

Hermann Hesse

Ballade vom Klassiker

(geschrieben nach meiner Wahl in
die Berliner Akademie)

Frühe schon zum Klassiker berufen
Fühlte sich der Jüngling Emil Bums,
Nahte, Gott im Busen, sich den Stufen
Des Apolln geweihten Heiligtums.

Selten sah man wahrlich einen Dichter
So von hehrer Streberei beseelt,
Bald schon sah er sich vom Chor der Richter
Als des Volkes Liebling auserwählt.

Niemals gab er sich die kleinste Blöße,
Wich vom Pfade strengster Tugend nie,
Sang von Gott und nationaler Größe,
Was ihm ungeheuren Ruhm verlieh.

Leider war dem Hochflug nicht gewachsen
Dieses Edeldichters schwaches Herz,
Und auf einer Vortragstour durch Sachsen
Ward er krank und schwang sich himmelwärts.

Eine Trauerfeier ohne gleichen,
Der Bedeutung des Moments sich voll bewußt,
Schmückte mit des Vaterlandes Eichen
Des verewigten Sängers Heldenbrust.

Industrie, Finanz, Behörde, Presse
Stand ergriffen um das offne Grab,
Gerhart Hauptmann warf und Hermann Hesse
Eine Schaufel voll Papier hinab.

Unter andern herrlichen Trophäen
In des Volksmuseums Heiligtum
Sieht man seine Schreibmaschine stehen,
Sonntags viel bestaunt vom Publikum.

Nie wird dieser Mann vergessen werden,
Deutschlands letzter Klassiker vielleicht,
Denn fürwahr, es findet sich auf Erden
Keiner, der ihm nur das Wasser reicht.

Ja ich selbst, der ich den Bums erfunden,
Der ihm Namen, Ruhm, Gestalt verlieh,
Beuge mich beschämt und überwunden
Vor so viel Talent, so viel Genie.

Und so wallt des Göttlichen Gedächtnis,
Von der rauhen Wirklichkeit befreit,
Seines Volkes edelstes Vermächtnis,
Durch Jahrhunderte zur Ewigkeit.

Georg Trakl

Melusine

Wovon bin ich nur aufgewacht?
Mein Kind, es fielen Blätter zur Nacht!

Wer flüstert so traurig als wie im Traum?
Mein Kind, der Frühling geht durch den Raum.

O sieh! Sein Gesicht wie tränenbleich!
Mein Kind, es blühte wohl allzu reich.

Wie brennt mein Mund! Warum weine ich?
Mein Kind, ich küsse mein Leben in dich!

Wer faßt mich so hart, wer beugt sich zu mir?
Mein Kind, ich halte die Hände dir.

Wo geh' ich nur hin? Ich träumte so schön!
Mein Kind, wir wollen in Himmel gehn.

Wie gut, wie gut! Wer lächelt so leis?
Da wurden ihre Augen weiß –

Da löschten alle Lichter aus
Und tiefe Nacht durchwehte das Haus.

Bertolt Brecht

Legende vom toten Soldaten

Und als der Krieg im vierten Lenz
Keinen Ausblick auf Frieden bot
Da zog der Soldat seine Konsequenz
Und starb den Heldentod.

2
Der Krieg war aber noch nicht gar
Drum tat es dem Kaiser leid
Daß sein Soldat gestorben war:
Es schien ihm noch vor der Zeit.

3
Der Sommer zog über die Gräber her
Und der Soldat schlief schon
Da kam eines Nachts eine militä-
rische ärztliche Kommission.

4
Es zog die ärztliche Kommission
Zum Gottesacker hinaus
Und grub mit geweihtem Spaten den
Gefallnen Soldaten aus.

5
Der Doktor besah den Soldaten genau
Oder was von ihm noch da war

Und der Doktor fand, der Soldat war k. v.
Und er drückte sich vor der Gefahr.

6
Und sie nahmen sogleich den Soldaten mit
Die Nacht war blau und schön.
Man konnte, wenn man keinen Helm aufhatte
Die Sterne der Heimat sehn.

7
Sie schütteten ihm einen feurigen Schnaps
In den verwesten Leib
Und hängten zwei Schwestern in seinen Arm
Und ein halb entblößtes Weib.

8
Und weil der Soldat nach Verwesung stinkt
Drum hinkt ein Pfaffe voran
Der über ihn ein Weihrauchfaß schwingt
Daß er nicht stinken kann.

9
Voran die Musik mit Tschindrara
Spielt einen flotten Marsch.
Und der Soldat, so wie er's gelernt
Schmeißt seine Beine vom Arsch.

10
Und brüderlich den Arm um ihn
Zwei Sanitäter gehn

Sonst flög er noch in den Dreck ihnen hin
Und das darf nicht geschehn.

11
Sie malten auf sein Leichenhemd
Die Farben Schwarz-Weiß-Rot
Und trugen's vor ihm her; man sah
Vor Farben nicht mehr den Kot.

12
Ein Herr im Frack schritt auch voran
Mit einer gestärkten Brust
Der war sich als ein deutscher Mann
Seiner Pflicht genau bewußt.

13
So zogen sie mit Tschindrara
Hinab die dunkle Chaussee
Und der Soldat zog taumelnd mit
Wie im Sturm die Flocke Schnee.

14
Die Katzen und die Hunde schrein
Die Ratzen im Feld pfeifen wüst:
Sie wollen nicht französisch sein
Weil das eine Schande ist.

15
Und wenn sie durch die Dörfer ziehn
Waren alle Weiber da

Die Bäume verneigten sich, Vollmond schien
Und alles schrie hurra.

16
Mit Tschindrara und Wiedersehn!
Und Weib und Hund und Pfaff!
Und mitten drin der tote Soldat
Wie ein besoffner Aff.

17
Und wenn sie durch die Dörfer ziehn
Kommt's, daß ihn keiner sah
So viele waren herum um ihn
Mit Tschindra und Hurra.

18
So viele tanzten und johlten um ihn
Daß ihn keiner sah.
Man konnte ihn einzig von oben noch sehn
Und da sind nur Sterne da.

19
Die Sterne sind nicht immer da
Es kommt ein Morgenrot.
Doch der Soldat, so wie er's gelernt
Zieht in den Heldentod.

Ballade von den Osseger Witwen

Die Osseger Witwen im Witfrauenkleid
Sind nach Prag gekommen, zu fragen:
Was wollt ihr tun für unsre Kinder, liebe Leut?
Sie haben noch nichts gegessen heut!
Und ihre Väter liegen in euren Gruben erschlagen.
  Was, haben die Prager Herren gefragt
  Was soll man tun mit den Osseger Witwen?

2
Die Osseger Witwen im Witfrauenkleid
Sind begegnet den Polizeisoldaten.
Was wollt ihr tun für unsre Kinder, liebe Leut?
Sie haben noch nichts gegessen heut!
Nun, da haben die Herren Polizisten ihre Gewehre geladen.
  Das, haben die Herren Polizisten gesagt
  Das wollen wir tun für die Osseger Witwen.

3
Die Osseger Witwen im Witfrauenkleid
Zum Parlament sind sie vorgedrungen.
Was wollt ihr tun für unsre Kinder, liebe Leut?
Sie haben Hunger und müssen essen heut!
Nun, da haben die Herren Deputierten eine Rede geschwungen.
  Das, haben die Herren Deputierten gesagt
  Das können wir tun für die Osseger Witwen.

4
Die Osseger Witwen im Witfrauenkleid
Blieben nachts in den Straßen hocken.
Einer muß doch was für uns tun hier in Prag!
Nun, es war ein Novembertag,
Und da ist Schnee gefallen, große, nasse Flocken.
  Das, hat der Schnee gesagt
  Das können wir tun für die Osseger Witwen.

Legende von der Entstehung des Buches Taoteking auf dem Weg des Laotse in die Emigration

Als er Siebzig war und war gebrechlich
Drängte es den Lehrer doch nach Ruh
Denn die Güte war im Lande wieder einmal schwächlich
Und die Bosheit nahm an Kräften wieder einmal zu.
Und er gürtete den Schuh.

2
Und er packte ein, was er so brauchte:
Wenig. Doch es wurde dies und das.
So die Pfeife, die er immer abends rauchte
Und das Büchlein, das er immer las.
Weißbrot nach dem Augenmaß.

3
Freute sich des Tals noch einmal und vergaß es
Als er ins Gebirg den Weg einschlug.
Und sein Ochse freute sich des frischen Grases
Kauend, während er den Alten trug.
Denn dem ging es schnell genug.

4
Doch am vierten Tag im Felsgesteine
Hat ein Zöllner ihm den Weg verwehrt:
»Kostbarkeiten zu verzollen?« – »Keine.«
Und der Knabe, der den Ochsen führte, sprach:
»Er hat gelehrt.«
Und so war auch das erklärt.

5
Doch der Mann in einer heitren Regung
Fragte noch: »Hat er was rausgekriegt?«
Sprach der Knabe: »Daß das weiche Wasser in Bewegung
Mit der Zeit den mächtigen Stein besiegt.
Du verstehst, das Harte unterliegt.«

6
Daß er nicht das letzte Tageslicht verlöre
Trieb der Knabe nun den Ochsen an
Und die drei verschwanden schon um eine schwarze
Föhre
Da kam plötzlich Fahrt in unsern Mann
Und er schrie: »He, du! Halt an!

7
Was ist das mit diesem Wasser, Alter?«
Hielt der Alte: »Intressiert es dich?«
Sprach der Mann: »Ich bin nur Zollverwalter
Doch wer wen besiegt, das intressiert auch mich.
Wenn du's weißt, dann sprich!

8
Schreib mir's auf! Diktier es diesem Kinde!
So was nimmt man doch nicht mit sich fort.
Da gibt's doch Papier bei uns und Tinte
Und ein Nachtmahl gibt es auch: ich wohne dort.
Nun, ist das ein Wort?«

9
Über seine Schulter sah der Alte
Auf den Mann: Flickjoppe. Keine Schuh.
Und die Stirne eine einzige Falte.
Ach, kein Sieger trat da auf ihn zu.
Und er murmelte: »Auch du?«

10
Eine höfliche Bitte abzuschlagen
War der Alte, wie es schien, zu alt.
Denn er sagte laut: »Die etwas fragen
Die verdienen Antwort.« Sprach der Knabe:
»Es wird auch schon kalt.«
»Gut, ein kleiner Aufenthalt.«

11
Und von seinem Ochsen stieg der Weise
Sieben Tage schrieben sie zu zweit.
Und der Zöllner brachte Essen (und er fluchte nur noch leise
Mit den Schmugglern in der ganzen Zeit).
Und dann war's soweit.

12
Und dem Zöllner händigte der Knabe
Eines Morgens einundachtzig Sprüche ein.
Und mit Dank für eine kleine Reisegabe
Bogen sie um jene Föhre ins Gestein.
Sagt jetzt: kann man höflicher sein?

13
Aber rühmen wir nicht nur den Weisen
Dessen Name auf dem Buche prangt!
Denn man muß dem Weisen seine Weisheit erst entreißen.
Darum sei der Zöllner auch bedankt:
Er hat sie ihm abverlangt.

Erich Kästner

Der Handstand auf der Loreley
Nach einer wahren Begebenheit

Die Loreley, bekannt als Fee und Felsen,
Ist jener Fleck am Rhein, nicht weit von Bingen,
Wo früher Schiffer mit verdrehten Hälsen,
Von blonden Haaren schwärmend, untergingen.

Wir wandeln uns. Die Schiffer inbegriffen.
Der Rhein ist reguliert und eingedämmt.
Die Zeit vergeht. Man stirbt nicht mehr beim Schiffen,
Bloß weil ein blondes Weib sich dauernd kämmt.

Nichtsdestotrotz geschieht auch heutzutage
Noch manches, was der Steinzeit ähnlich sieht.
So alt ist keine deutsche Heldensage,
Daß sie nicht doch noch Helden nach sich zieht.

Erst neulich machte auf der Loreley
Hoch überm Rhein ein Turner einen Handstand!
Von allen Dampfern tönte Angstgeschrei,
Als er kopfüber oben auf der Wand stand.

Er stand, als ob er auf dem Barren stünde.
Mit hohlem Kreuz. Und lustbetonten Zügen.
Man frage nicht: Was hatte er für Gründe?
Er war ein Held. Das dürfte wohl genügen.

Er stand, verkehrt, im Abendsonnenscheine.
Da trübte Wehmut seinen Turnerblick.
Er dachte an die Loreley von Heine.
Und stürzte ab. Und brach sich das Genick.

Er starb als Held. Man muß ihn nicht beweinen.
Sein Handstand war vom Schicksal überstrahlt.
Ein Augenblick mit zwei gehobnen Beinen
Ist nicht zu teuer mit dem Tod bezahlt!

P. S. Eins wäre allerdings noch nachzutragen:
Der Turner hinterließ uns Frau und Kind.
Hinwiederum, man soll sie nicht beklagen.
Weil im Bezirk der Helden und der Sagen
Die Überlebenden nicht wichtig sind.

Maskenball im Hochgebirge

Eines schönen Abends wurden alle
Gäste des Hotels verrückt, und sie
Rannten schlagerbrüllend aus der Halle
In die Dunkelheit und fuhren Ski.

Und sie sausten über weiße Hänge.
Und der Vollmond wurde förmlich fahl.
Und er zog sich staunend in die Länge.
So etwas sah er zum erstenmal.

Manche Frauen trugen nichts als Flitter.
Andre Frauen waren in Trikots.
Ein Fabrikdirektor kam als Ritter.
Und der Helm war ihm zwei Kopf zu groß.

Sieben Rehe starben auf der Stelle.
Diese armen Tiere traf der Schlag.
Möglich, daß es an der Jazzkapelle –
Denn auch die war mitgefahren – lag.

Die Umgebung glich gefrornen Betten.
Auf die Abendkleider fiel der Reif.
Zähne klapperten wie Kastagnetten.
Frau von Cottas Brüste wurden steif.

Das Gebirge machte böse Miene.
Das Gebirge wollte seine Ruh.
Und mit einer mittleren Lawine
Deckte es die blöde Bande zu.

Dieser Vorgang ist ganz leicht erklärlich.
Der Natur riß einfach die Geduld.
Andre Gründe hierfür gibt es schwerlich.
Den Verkehrsverein trifft keine Schuld.

Man begrub die kalten Herrn und Damen.
Und auch etwas Gutes war dabei:
Für die Gäste, die am Mittwoch kamen,
Wurden endlich ein paar Zimmer frei.

Sachliche Romanze

Als sie einander acht Jahre kannten
(und man darf sagen: sie kannten sich gut),
Kam ihre Liebe plötzlich abhanden.
Wie andern Leuten ein Stock oder Hut.

Sie waren traurig, betrugen sich heiter,
Versuchten Küsse, als ob nichts sei,
Und sahen sich an und wußten nicht weiter.
Da weinte sie schließlich. Und er stand dabei.

Vom Fenster aus konnte man Schiffen winken.
Er sagte, es wäre schon Viertel nach vier
Und Zeit, irgendwo Kaffee zu trinken. –
Nebenan übte ein Mensch Klavier.

Sie gingen ins kleinste Café am Ort
Und rührten in ihren Tassen.
Am Abend saßen sie immer noch dort.
Sie saßen allein, und sie sprachen kein Wort
Und konnten es einfach nicht fassen.

Die Ballade vom Nachahmungstrieb

Es ist schon wahr: Nichts wirkt so rasch wie Gift!
Der Mensch, und sei er noch so minderjährig,
Ist, was die Laster dieser Welt betrifft,
Früh bei der Hand und unerhört gelehrig.

Im Februar, ich weiß nicht am wievielten,
Geschah's, auf irgend eines Jungen Drängen,
Daß Kinder, die im Hinterhofe spielten,
Beschlossen, Naumanns Fritzchen aufzuhängen.

Sie kannten aus der Zeitung die Geschichten,
In denen Mord vorkommt und Polizei.
Und sie beschlossen, Naumann hinzurichten,
Weil er, so sagten sie, ein Räuber sei.

Sie steckten seinen Kopf in eine Schlinge.
Karl war der Pastor, lamentierte viel
Und sagte ihm, wenn er zu schrein anfinge,
Verdürbe er den anderen das Spiel.

Fritz Naumann äußerte, ihm sei nicht bange.
Die andern waren ernst und führten ihn.
Man warf den Strick über die Teppichstange.
Und dann begann man, Fritzchen hochzuziehn.

Er sträubte sich. Es war zu spät. Er schwebte.
Dann klemmten sie den Strick am Haken ein.

Fritz zuckte, weil er noch ein bißchen lebte.
Ein kleines Mädchen zwickte ihn ins Bein.

Er zappelte ganz stumm, und etwas später
Verkehrte sich das Kinderspiel in Mord.
Als das die sieben kleinen Übeltäter
Erkannten, liefen sie erschrocken fort.

Noch wußte niemand von dem armen Kinde.
Der Hof lag still. Der Himmel war blutrot.
Der kleine Naumann schaukelte im Winde.
Er merkte nichts davon. Denn er war tot.

Frau Witwe Zickler, die vorüberschlurfte,
Lief auf die Straße und erhob Geschrei,
Obwohl sie doch dort gar nicht schreien durfte.
Und gegen Sechs erschien die Polizei.

Die Mutter fiel in Ohnmacht vor dem Knaben.
Und beide wurden rasch ins Haus gebracht.
Karl, den man festnahm, sagte kalt: »Wir haben
Es nur wie die Erwachsenen gemacht.«

Nachweis

Die drei Volkslieder am Anfang des vorliegenden Bandes sowie die Balladen von Gottfried August Bürger, Friedrich Rückert und Ludwig Uhland sind dem *Deutschen Balladenbuch*, Leipzig 1852, entnommen. Daraus auch die Illustrationen: Umschlagbild (Hermann Plüddemann), Frontispiz (Adolf Ehrhardt), Seite 5 und 10 (Ludwig Richter) sowie Seite 235 (Hermann Plüddemann). Die übrigen Texte (für diese Ausgabe in Interpunktion und Rechtschreibung behutsam modernisiert) stammen aus den folgenden Ausgaben der betreffenden Dichter:

Bertolt Brecht: *Gesammelte Werke*, Frankfurt/M. 1967–69. Copyright (c) 1967–69 by Suhrkamp Verlag Frankfurt a. M.

Clemens Brentano: *Gesammelte Schriften*, Frankfurt/M. 1852–55.

Wilhelm Busch: *Studienausgabe* (detebe 20107–20113), Copyright © 1974 by Diogenes Verlag Zürich.

Adelbert von Chamisso: *Gesammelte Werke*, Stuttgart 1880–87.

Matthias Claudius: *Werke*, Wandsbeck 1834/35.

Annette von Droste-Hülshoff: *Gesammelte Schriften*, Stuttgart 1878.

Joseph von Eichendorff: *Sämtliche Werke*, Regensburg 1908.

Theodor Fontane: *Gesammelte Werke*, Berlin 1905–11.

Ferdinand Freiligrath: *Werke*, Berlin 1909.

Emanuel Geibel: *Gedichte*, Stuttgart 1882.

Johann Wolfgang Goethe: *Werke* (Weimarer-/Sophien-Ausgabe), Weimar 1887-1920.

Friedrich Hebbel: *Gedichte*, Stuttgart 1857.

Heinrich Heine: *Gedichte* (detebe 20383). Copyright © 1977 by Diogenes Verlag Zürich.

Hermann Hesse: *Die Gedichte*, Frankfurt/M. 1977. Copyright © 1977 by Suhrkamp Verlag Frankfurt a. M.

Karl Immermann: *Schriften*, Düsseldorf 1835–43.

Erich Kästner: *Gesang zwischen den Stühlen* und *Ein Mann gibt Auskunft*, Zürich 1959. Copyright © 1959 by Atrium Verlag Zürich.

Gottfried Keller: *Werke* (detebe 20521–20528). Copyright © 1978 by Diogenes Verlag Zürich.

August Kopisch: *Die Heinzelmännchen*, Zürich 1918.
Nikolaus Lenau: *Gedichte*, Berlin 1914.
Gotthold Ephraim Lessing: *Sämtliche Schriften*, Berlin 1838–40.
Detlev von Liliencron: *Gesammelte Werke*, Berlin 1918.
Conrad Ferdinand Meyer: *Gedichte*, Leipzig 1905.
Christian Morgenstern: *Alle Galgenlieder* (detebe 20400). Copyright © 1981 by Diogenes Verlag Zürich.
Eduard Mörike: *Sämtliche Werke*, Leipzig 1905.
Josepf Viktor von Scheffel: *Werke*, Berlin 1855.
Friedrich Schiller: *Sämtliche Werke*, Stuttgart 1812–15.
Gustav Schwab: *Gedichte*, Stuttgart 1828/29.
Georg Trakl: *Dichtungen und Briefe*. Historisch-kritische Ausgabe in 2 Bänden, herausgegeben von W. Killy und H. Szklenar. Otto Müller Verlag, Salzburg.
Frank Wedekind: *Prosa, Dramen, Verse*, München 1954.
Joseph Christian von Zedlitz: *Gedichte*, Stuttgart 1859, und *Soldaten-Büchlein*, Stuttgart 1852.

François Villon
Lieder und Balladen

Ins Deutsche übertragen
und mit einem Nachwort von K. L. Ammer
detebe 21494

Diese Ausgabe enthält *Das Kleine Testament, Die Balladen, Das Große Testament* sowie eine biographische Notiz und Anmerkungen. Die *Lieder und Balladen* von François Villon liegen hier in der Übersetzung von *K. L. Ammer* vor, die von *Kurt Tucholsky* so bewertet wurde: »Hier gibt es nur zwei Wege. Entweder man macht das wie *Ammer* und übersetzt so wörtlich wie nur möglich – oder man ist dem Villon kongenial und dichtet neu.«

Auch *Bertolt Brecht* schätzte die Ammersche Übersetzung so außerordentlich, daß er sie für seine *Dreigroschenoper* benutzte.
»Eine Berliner Zeitung hat spät, aber doch noch gemerkt, daß in der Kiepenheuerschen Ausgabe der Songs zur *Dreigroschenoper* neben dem Namen Villon der Name des deutschen Übersetzers *Ammer* fehlt, obwohl von meinen 625 Versen tatsächlich 25 mit der ausgezeichneten Übertragung *Ammers* identisch sind. Es wird eine Erklärung verlangt. Ich erkläre also wahrheitsgemäß, daß ich die Erwähnung des Namens *Ammer* leider vergessen habe. Das wiederum erkläre ich mit meiner grundsätzlichen Laxheit in Fragen geistigen Eigentums.« *Bertolt Brecht, Mai 1929*